KB274008

BLUE JEANS

지식산문 ○ 08

BLUE JEANS

복복서가

복복서가

지식산문 O 시리즈는 평범하고 진부한 물건들을 주제 삼아 발명, 정치적 투쟁, 과학, 대중적 신화 등 풍부한 역사 이야기로 그 물건에 생기를 불어넣는 마법을 부린다. 이 책들은 매혹적인 내용으로 가득하고, 날카로우면서도 이해하기 쉬운 문장으로 일상의 세계를 생생하게 만든다. 경고: 이 총서 몇 권을 읽고 나면, 집 안을 돌아다니며 아무 물건이나 집어들고는 이렇게 혼잣말할 것이다. "이 물건에는 어떤 이야기가 숨어 있을지 궁금해."

_스티븐 존슨,
『탁월한 아이디어는 어디서 오는가』 저자

'짧고 아름다운 책들'이라는 지식산문 O 시리즈의 소개말에 전적으로 동의한다. (…) 이 책들은 우리가 당연하게 생각했던 일상의 부분들을 다시 한번 돌아보도록 영감을 준다. 이는 사물 자체에 대해 배울 기회라기보다 자기 성찰과 스토리텔링을 위한 기회다. 지식산문 O 시리즈는 우리가 경이로운 세계에 둘러싸여 있다는 사실을 상기시켜준다. 우리가 그것을 주의깊게 바라보기만 한다면.

_존 워너, 〈시카고 트리뷴〉

손바닥 크기의 아름다운 책 속에 이렇게나 탁월한 글이라니, 이 시리즈의 놀라운 점은 존재 그 자체일 것이다. (…) 하나같이 뛰어나고, 매력적이며, 사고를 자극해주고, 유익하다.

_제니퍼 보트 야코비시,
〈워싱턴 인디펜던트 리뷰 오브 북스〉

유익하고 재미있다. (…) 주머니에 넣고 다니다가 삶
이 지루할 때 꺼내 읽기 완벽하다.

_새라 머독, 〈토론토 스타〉

내 생각에 이 시리즈는 미국에서 가장 한결같이 흥미
로운 논픽션 책 시리즈다.

_메건 볼퍼트, 〈팝매터스〉

재미있고, 생각을 자극하며, 시적이다. (…) 이 작은
책들은 종이책을 좋아하는 사람들의 꿈이다.

_존 팀페인, 〈필라델피아 인콰이어러〉

권당 2만 5천 단어로 짧지만, 이 책들은 결코 가볍지
않다.

_ 마리나 벤저민, 〈뉴 스테이츠먼〉

이 시리즈의 즐거움은 (…) 각 저자들이 자신이 맡은
물건이 겪어온 다양한 변화들과 조우하는 데 있다. 물
건이 무대 중앙에 정면으로 앉아 행동을 지시한다. 물
건이 장르, 연대기, 연구의 한계를 결정한다. 저자는
자신이 선택했거나 자신을 선택한 사물로부터 단서를
얻어야 한다. 그 결과 놀랍도록 다채로운 시리즈가 탄
생했으며, 이 시리즈에 속한 책들은 그 자체로 하나의
작품이다.

_ 줄리언 예이츠, 〈로스앤젤레스 리뷰 오브 북스〉

지식산문 O 시리즈는 아름답고 단순한 전제를 두었다. 각 책은 특정 사물에 초점을 맞춘다. 이 사물은 평범하거나 예상치 못한 것일 수도 있고, 유머러스하거나 정치적으로 시의적절할 수도 있다. 어떤 사물이든 이 책은 각 사물 이면에 숨겨진 풍부한 이야기를 드러낸다.

_크리스틴 로, 〈북 라이엇〉

롤랑 바르트와 웨스 앤더슨 사이 어딘가의 감성.

_사이먼 레이놀즈, 『레트로마니아』 저자

디펀에게

일러두기

1. 각주는 모두 옮긴이 주다.
2. 본문 중 고딕체는 원서에서 이탤릭체로 강조한 부분이다.
3. 외래어는 국립국어원 외래어표기법을 따랐으나 회사명, 제품
   명 등 일반적으로 통용되는 표기가 있을 경우 이를 참조했다.

차례

들어가며:

가장 변화무쌍한 옷

우리 외할머니는 1952년에서 1976년까지 블루버클 오버올 컴퍼니에서 일하며 재봉틀로 거친 데님 원단을 꿰맸다. 억센 솔기를 통과하려면 바늘이 특별히 날카로워야 했다. 그러나 가장 힘든 것은 뜨겁고 갑갑한 공기와 염색한 직물에서 나는 독한 화학약품 냄새였다. 푸른 면직물에서 떨어져 나온 먼지가 공처럼 뭉쳐서 공장 바닥 위를 굴러다녔고, 감독관들이 먼지를 들이마시지 말라고 주의를 줬음에도 노동자들은 대개 천식 증상을 호소했다. 외할아버지는 기계가 전부 문제없이 잘 돌아가도록 관리했다. 바늘이 벌새의 날갯짓처럼 빠르게 움직이는 공장용 재봉틀 위로 허리를 구부린 채 부품에 기름을 바르고 나사를 조였다. 매일 밤 집으로 돌아오는 두 분의 손가락은 바늘에 찔려 따끔거렸다. 외할머니의 손가락은 푸른색 색소로 파랗게, 외할아버지의 손가락은 기름으로 까맣게 물들어 있었다.

아버지 쪽 가족에게도 청바지는 중요했다. 친가는 축산업에 종사했고, 남자들은 매일 청바지를 부츠 안에 쑤셔넣은 뒤 가시덤불을 헤치며 집 나간 송아지들을 찾아 데려오거나 망가진 울타리를 수리하거나 여물통을 확인했다. 티셔츠는 끊임없이 바뀌었지만 청바지는 구하기 힘들었고 목장 작업복의 중요한 요소 중 하나였다. 어쨌거나 뱀이 데님을 뚫고 살을 물기란 쉽지 않으니까.

아버지가 입은 청바지 브랜드는 랭글러였는데, 랭글러 청바지가 튼튼하고 오래간다는 것은 모두가 아는 사실이었기 때문이다. 진흙으로 범벅이 되든 피가 튀든 땀으로 흠뻑 젖든, 랭글러 청바지는 농장 생활의 그 어떤 시련도 견뎌낼 수 있었다. 나는 이 교훈을 아주 어린 시절에 습득했다. 실제로 어렸을 때 교회 목사님이 예수님과 "청바지 같은" 관계를 맺기 위해 노력하라고 설교했던 것이 기억난다. 익숙하고, 편안하고, 오래가고, 날마다 계속되는 관계를 맺으라는 것이었다. 그때 나는 왜 우주에서 제일 전능하다고 일컬어지는 존재를 내가 아는 가장 변변찮고 지저분한 의복에 빗대는지 도통 이해할 수 없었다. 그러나 지금은 청바지가 그야말로 양극단의 의미를 품고 있음을 안다.

미국이 청바지를 미국 문화의 상징으로 받아들이긴 했지만 오늘날 청바지는 세계적인 상품이다. 전 세계 사람들이 일주일에 평균 세 번 이상 청바지를 입고, 세계인의 절반 이상이 청바지를 즐겨 입는다고 말한다.[1] 매년 새로운 소비자가 청바지의 매력에 빠져들고, 전 세계 청바지 시장의 규모는 2020년 730억 9천만 달러에서 2025년 1024억 5천만 달러로 확대될 전망이다. 특히 아시아에서

빠른 성장세를 보일 것으로 예상된다.[2] 2023년
에는 중국이 전 세계에서 데님을 가장 많이 소비
하는 국가가 된다.[3]* 마찬가지로 청바지 생산도
세계화되었다. 독일과 브라질에서 들여온 합성 인
디고로 염색한 데님을 중국과 파키스탄, 인도에
있는 데님 공장에서 대량생산한다. 베트남과 홍
콩, 일본의 공장 노동자들이 데님을 자르고, 깁고,
감침질하면 수출업자들이 전 세계로 상품을 실어
나른다.

청바지는 편안하다는 명성이 자자하지만 제깅
스(진과 레깅스의 합성어)나 워싱 원단 또는 신축
성 있는 원단으로 만든 청바지가 아니라면 뻣뻣한
면이 부드러워질 때까지 바지를 "길들이는" 기간
이 필요하다. 1870년대에 리바이 스트라우스가

고된 광산 노동을 견디는 청바지를 만들었을 때는 그 억센 질감이 셀링 포인트였지만 오늘날 청바지는 여가의 대명사가 되었다. 소비자 대다수가 여전히 주로 면으로 된 청바지를 선호하면서도 옛날처럼 뻣뻣한 데님은 원하지 않는다.[4] 소비자들은 워싱을 거친 부드러운 원단이나 합성섬유를 섞어서 신축성을 확보한 원단을 원한다. 옷장 속의 묵묵한 일꾼은 캐주얼 프라이데이에 더욱 어울리는 신세가 되었다.

1950년대, 제임스 딘 같은 스타들이 실용적인 작업복이었던 청바지를 청춘의 반항을 드러내는 매혹적인 자기표현으로 탈바꿈했다. 그 이후로 이 초라한 의복이 최고급 패션 런웨이에 서기까지는 그리 오랜 시간이 걸리지 않았다. 이브 생 로랑은 1983년에 "청바지를 발명한 사람이 나였으면 좋겠다는 말을 종종 하곤 했습니다"라고 중얼거렸다.[5] 생 로랑은 청바지를 발명한 사람은 아니었을지 몰라도 분명 청바지의 하이엔드 시장을 발명

<hr>

* 이 책의 원서는 2023년 1월에 출간되었다.

한 사람이었다. 이 글을 쓰는 지금, 입생로랑 웹 사이트에서 판매하는 "더티 윈터 블루" 색상의 남성 스트레이트핏 청바지 한 벌의 가격은 약 130만 원이다.[6] 럭셔리 청바지가 평범한 랭글러 청바지와 사실상 똑같아 보일 수는 있지만 두 청바지는 극히 다른 문화적·경제적 메시지를 전달한다.

또한 청바지는 패션의 파도를 견디는 능력이 아주 탁월하다. 청바지는 유행을 타지 않는 아이템인 듯 보이지만 사실 청바지 스타일은 다른 패션 트렌드만큼이나 빠르게 변한다. 새 청바지를 고르다보면 베테랑 쇼핑객조차 결정을 내리지 못하고 퍼져버릴 수 있다. 캐주얼한 청바지가 있고 맵시 있는 청바지가 있으며, 저렴한 청바지가 있고 값비싼 청바지가 있다. '보이프렌드' 핏을 원하는 여성들을 위한 청바지가 있는가 하면 남성 착용자에게 '메트로섹슈얼'이라는 의미심장한 수식어를 붙이는 청바지도 있다. 청바지는 우리가 무리에 녹아들도록 도와주는 한편, 수 세대에 걸친 히피와 스케이터, 펑크족, 힙합 광팬을 보면 알 수 있듯이 그만큼 우리가 무리에서 튀도록 도와줄 수도 있다.

이러한 모순은 계속된다…… 누군가에게 파란색은 편안함과 여유, 자유를 연상시키는 색일 수 있다. 여름의 하늘빛처럼 색이 바랜, 부드럽고 친근한 청바지를 걸치는 것보다 더 편안한 일이 어디 있겠는가? 그러나 전 세계 많은 사람에게 파란색은 과거나 지금이나 억압의 상징이다. 영국 동인도회사가 현대의 인디고 산업을 만들고 자본가들이 식민지 노동자들을 너무나도 가혹하게 취급한 결과, '파란 반란'이라는 이름으로 알려진 장기 폭동이 일어났다. 청바지는 미국인의 정체성을 드러내는 대표적 상징이지만 한편으로는 미국 역사의 암울한 시기가 남긴 유산이기도 하다. 인디고 염료를 대량생산하느라 아프리카계 노예와 원주민 노예 수천 명이 한 세기 넘게 고통받았다. 저임금 직물 노동자들이 매일 독성 화학물질을 다루며 그 폐해와 씨름하고 있는 오늘날에도 파란색의 잔혹함은 계속되고 있다.

그러나 청바지의 의미는 잔혹한 유산마저 뒤집히고 재구성될 만큼 유연한 것으로 드러났다. 청바지 제조업이 억압적인 권력구조와 손잡았을지 몰라도, 완성된 청바지는 20세기 들어 저항의 상징이 되었다. 1960년대에 젊은 흑인 여성 활동가들은 데님의 의미를 갱신하고 청바지를 시민권 투쟁의 상징으로 활용했다. 학생비폭력조정위원회 SNCC의 회원들은 워싱턴 행진에서 아프리카계 미국인 소작인과 연대하고 "점잖은" 흑인 중산층의 안일함을 거부하는 의미로 데님 청바지와 오버올,

치마를 입고 무대에 올랐다.[7] 최근 인도와 이탈리아에서 발생한 저항운동에서도 청바지의 이러한 상징적 힘을 활용했고, 지난 수십여 년간 여러 활동가 조직이 성폭력과 가정폭력, 정부 부패 같은 문제의 인식을 고취하고자 데님을 이용해왔다. 청바지는 논란의 여지가 없는 평이한 의복처럼 보일지 몰라도 특정 맥락에서는 그야말로 혁명적인 의미를 드러낸다.

청바지는 본질적으로 서로 상충하는 가치들의 완벽한 표상이다. 150년의 세월이 흐르는 동안 청바지는 모든 맥락과 의미, 신체에 착 들어맞는 보편적인 기표가 되었다. 청바지를 겹겹이 둘러싼 모순은 너무 두터워져서 보이지 않을 지경이 되었다. 청바지는 모든 것을 의미하는 동시에 아무것도 의미하지 않는 의복이다. 현대적 삶의 수많은 측면이 효율과 편의의 명목으로 능률화·균질화·세계화되었다는 점을 고려하면, 이러한 비가시성이 청바지를 현대와 완벽하게 어울리는 옷으로 만든다고 볼 수 있다. 리바이스 501 청바지는 아이오와주 더뷰크만큼이나 두바이에서도 흔히 목격

된다.

청바지는 누구에게나 익숙하기 때문에 청바지에 대해 새롭게 알아야 할 점이 별로 없다고 생각하기 쉽다. 그러나 속지 마시라. 특색 없음이라는 얇은 껍질 안에 방대한 의미가 숨어 있으니. 때로는 눈에 띄지 않고 특색 없는 사물이 가장 풍성한 의미를 담고 있기도 하다.

1\. 디스트레스distress

우리 아버지는 일주일에 몇 번씩 친구들과 시골 길 끝에서 만나 아침 산책에 나선다. 그분들은 소가 가득한 광활한 들판 옆을 1.6킬로미터가량 걸으면서 동네의 최신 소식을 공유하고 어린 시절에 저지른 우스꽝스러운 짓을 떠올리며 웃는다. 때로는 난폭한 이웃이 사격 연습을 한다고 보안관을 부른 사람이 누구인지, 가장 큰 사슴을 잡은 사람이 누구인지, 본인이 생각하는 '카우보이모자만 쓰고 소는 없는(순 헛소리뿐이라는 뜻)' 사람이 누구인지처럼 특히 흥미진진한 이야기를 쑥덕대기도 할 테다. 산책이 끝날 때쯤이면 온몸이 땀으로 젖고 온 동네 사정을 환히 꿰게 된다.

어느 날 아침 나는 운좋게도 아무나 들어갈 수

인디고 발효 통 안에서 용액을 휘젓는 노동자들, c. 1877, Oscar Mallitte.

세상에서 가장 편안한 옷인 청바지에는 결코 편안하지 않은 역사가 있다. 오스카 말리테의 이 사진은 1877년 인도 알라하바드의 노동자들이 인디고를 발효하는 통 안에서 용액을 휘젓는 모습을 보여준다.

Digital image courtesy of the Getty's Open Content Program.

없는 이 모임의 초대장을 얻어냈다. 길을 절반 정도 걸었을 무렵 아버지가 친구들에게 내가 청바지에 관한 책을 쓰고 있다고 말했고, 그때부터 말이 물밀듯 쏟아졌다. "아, 그러면 리바이스 501이 어떻게 판도를 완전히 뒤바꿨는지도 쓰겠네…… 랭글러가 1940년대에 어떻게 로데오 시장에 진출했는지도. 이야, 그거 참 괜찮은 청바지였지. 그나저나 너 그거 아냐……" 이런 식으로 계속되었다. 산책이 끝났을 때 나는 왜 옛날에 신치 청바지가 동네 사람들에게 인기가 최고였는지, 왜 버튼플라이*가 지퍼에 자리를 내주었는지, 일본의 청바지 팬들이 중고 리바이스를 고가의 수집품으로 만드는 데 어떻게 일조했는지 알게 되었다.

나는 목장 주인과 로데오 선수, 농부들 틈에서 자랐기 때문에 청바지가 그들의 일상생활에서 얼마나 중요한지 안다. 그러나 청바지의 문화가 실제로 얼마나 깊은지는 그날 아침까지 제대로 몰랐다고 생각한다. 그때는 내가 자료 조사를 시작하고 몇

* 단추 여러 개로 바지 앞부분을 여미는 방식.

개월이나 지난 시점이었는데도 그분들은 당연하다는 듯 청바지의 연대기를 나보다 더 빠삭하게 알고 있었다. 그리고 그분들만이 아니었다. 이스트 텍사스에 있는 나의 작은 고향에서 어디를 가든, 이 책의 주제를 알게 된 사람들은 누구나 지식의 보고로 변신했다.

"로데오 광대가 엉덩이에 광고를 붙인 청바지를 입기 시작했을 때 기억나?"

"총잡이들이 허리에 띠를 두른 건 바지가 흘러내리지 않게 붙잡아줄 벨트 고리가 없어서였어."

"기사에서 봤는데 오래된 광산에서 데님을 찾아다니는 녀석이 있다네. 엄청 비싸게 팔던걸!"[1]

이런 대화를 수차례 나눈 뒤 시골 사람들(적어도 내가 만난 시골 사람들)은 청바지에 대한 지식이 거의 몸에 배어 있다는 생각이 들었다. 이들은 일부러 공부한 적 없는데도 어째서인지 청바지의 이모저모와 특정 스타일이 언제 어떻게 왜 자신들의 삶에 나타났는지를 속속들이 안다.

길거리에 있는 평범한 사람이 리바이 스트라우스가 1873년에 바지에 리벳을 박는 디자인으로 특허를 냈다거나 블루 벨 오버올 컴퍼니가 카우보이를 위한 청바지 라인 랭글러를 개시한 것이 1947년이라는 정보를 말해줄 수는 없을지도 모른다. 하지만 누구나 청바지에 관해 들려줄 이야기가 있다. 사람들은 1970년대에 나팔바지가 유행했다는 사실을 알고, 2005년 무렵 전 세계에서 스키니진 바람이 불었던 것을 기억한다. 또한 대다수가 청바지에 깊은 추억이 있다. 나는 데이트하는 날 가장 좋아하는 청바지를 입었다가 엉덩이에 난 거대한 구멍을 한참 뒤에야 깨달은 기억이 있다. 청소년 코너에서 여성용 사이즈로 넘어갔을 때 느꼈던 복잡한 감정과, 중학교 때 쿨한 애들이 네임펜으로 서로의 청바지 위에 그림을 그렸던 것도 기억난다. 청바지에 관한 한 우리는 모두 아마추어 역사가다.

청바지를 늘 입고 살 만큼 좋아하는 사람도, 입어보기조차 싫어하는 사람도 있지만 어쨌거나 청바지는 누구에게나 익숙하다. 그러나 청바지의 뒷이야기는 보통 미스터리로 남아 있다. 청바지를 만들어낸 공은 주로 리바이 스트라우스가 가져가지만, 시장에 나온 리바이스 시그니처 청바지의 여러 특징은 이미 작업용 바지의 표준으로 자리잡은 것들이었다. 리바이스의 웹 사이트는 다음 사실을 고객에게 신중하게 전달한다. "우리가 한 것은 웨이스트 오버올의 디자인이나 핏을 발명한 것이 아니라, 전통적인 남성용 작업 바지에 리벳을 단 것이었습니다."[2] 청바지의 역사는 스트라우스가 골드러시 덕에 작업복 분야에서 명성을 떨치기 훨씬 이전까지 거슬러올라간다.

옥스퍼드 영어 사전에 따르면 "청바지"라는 단어는 1567년에 이미 사용되었다.[3] 그러므로 널리 사랑받는 이 바지의 진정한 근원을 찾고 싶다면 최소 16세기까지 되짚어가야 한다. 하지만 평범한 사물이 흔히 그렇듯 멀리 거슬러올라갈수록 역사는 더욱 안개에 휩싸인다. 시간이 흐르면서 청바지의 기원은 근거 없는 주장과 설화, 도시 전설이 뒤얽힌 실타래가 되었다. 우리가 확실히 아는 한 가지는 청바지가 애플파이만큼이나 미국적이라는 것, 즉 사실은 전혀 미국적이지 않다는 것뿐이다. (최초의 애플파이 레시피는 중세 영국에서 나왔다.)

청바지의 기원에는 단 하나의 정설이 아닌 별자리처럼 다양한 서사가 있다. 노동자의 작업용 바지와 '진' 원단과 데님의 발전에는 저마다 나름의 설화가 있고, 그건 신치드 웨이스트*와 서스펜더 버튼†, 뒷주머니를 비롯해 청바지를 청바지로 만

---

* 허리선을 잘록하게 강조한 스타일.

† 멜빵을 달 수 있는 단추.

드는 다른 모든 특징들도 마찬가지다. 이런 종잡을 수 없는 역사를 따라가다보면 가장 용감한 역사가조차 끝없는 토끼 굴에 빠질 수 있다. 그렇기에 이어지는 서술에서는 필수적인 맥락 중 일부를 널리 받아들여지는 버전으로 선택해 전 세계에서 가장 사랑받는 의복 중 하나가 어떻게 탄생했는지 설명하고자 한다.

수백 년 전, 인도의 동그리라는 마을의 노동자들은 오래가고 견고하기로 유명한 거친 갈색 면직물을 생산했다. 유럽 탐험 시대에 서구 상인들은 특히 이 '덩거리dungaree'라는 직물에 마음을 빼앗겼고, 곧 덩거리는 인기리에 배의 돛으로 사용되었다. 돛이 바다의 소금기를 맛볼 만큼 맛본 뒤에는 선원들이 너덜너덜해진 천을 재활용해 작업용 바지를 만들었다.[4] 되는대로 만든 이 바지는 형편없어 보였겠지만 혹독한 비바람을 막아줄 옷을 찾고 있던 선원들에게 그 점은 전혀 중요치 않았다. 이처럼 덩거리를 입은 선원 중 다수가 항해 중에 당시 세계에서 거대한 항구도시 중 하나였던 이탈리아의 제노바로 흘러들었다. 이 인도산 직물이 경이로울 만큼 오래간다는 소문이 퍼졌고, 곧 상인들은 둥그리의 이름을 딴 이 직물을 비싼 가격에 팔기 시작했다.

덩거리와 덩거리 바지의 인기가 나날이 커지는 한편 소비자들은 더 저렴한 대안을 요구했다. 그래서 16세기에 제노바의 야심 찬 제조업자들이 직접 실용적인 옷을 만들기로 결심했다. 생산자들이 제노바 전역에서 나타났고, 프랑스에서는 제노바를 젠Gênes이라고 불렀다. 이내 부유한 항구도시는 새롭고 튼튼한 면직물 거래로 쏠쏠한 이익을 자랑했다. 영국 상인들은 제노바나 젠을 발음하기 어려웠거나 제대로 발음할 생각이 없었는지 그냥 '진'이라고 불렀다.

근대 초기 프랑스는 유럽 직물 무역의 중심이었

고, 경쟁심이 무척이나 강했던 프랑스 제조업자들은 진 원단이 거둔 성공에 분명 부아가 치밀었을 것이다. 제노바 상인들에게 뒤처지고 싶지 않았던 프랑스 생산자들은 순식간에 독자적으로 내구성이 좋은 직물을 고안해냈다. 곧 프랑스 남동부에 있는 도시 님에서 면과 울을 섞은 '세르주 드 님serge de Nîmes'이라는 이름의 원단을 직조기로 뽑아내기 시작했다. 이번에도 영국 상인들의 혀는 더 단순한 발음을 원했고, 직물의 이름은 축약되어 '데님'이 되었다.

처음에 진과 데님은 별개의 원단이었다. 둘 다 날실과 씨실로 직조했지만, 진은 두 실이 같은 색이었다. 반면 데님은 염색한 실과 하얀 실로 직조했는데, 오늘날 대부분의 청바지 안감이 겉감보

   청바지

다 밝은 이유가 바로 이것이다. 시간이 흐르면서 두 원단의 작은 차이는 별것 아닌 잡학 상식이 되었고, '진'은 바지 스타일을, '데님'은 원단을 가리키는 말이 되었다.[5]

미국이 데님 차림의 카우보이와 리바이 스트라우스의 독특한 광부 바지로 이야기 속에 등장한 것은 이로부터 다시 몇 세기가 흐른 후였다. 그보다 청바지는 미국의 아이콘(그리고 진정한 세계적 상품)이 되기 전에 먼저 중요한 변화를 거쳐야 했다. 우선, 청바지는 파란색이 되어야 했다.

파란 피

내가 자란 이스트 텍사스의 작은 도시 마셜은 붉은색과 하얀색 진흙 위에 세워졌지만 이곳의 경제를 추동한 것은 바로 파란색이었다. 1895년, 켄터키의 사업가였던 W. F. 로커가 흙으로 예술작품을 만들겠다는 계획을 품고 이곳에 왔다. 그가 세운 신생 기업은 미국에서 큰 도자기 사업체 중 하나가 되었다. 로커와 그의 뒤를 이은 엘리스 가문은 오랜 세월에 걸쳐 다양한 도자기 상품을 생산했는데, 그중 대표적인 것은 크림색 바탕에 진한 코발트색 줄무늬를 넣은 우유통과 단지와 물병이었다.

손으로 직접 빚은 이 도자기들은 오늘날 귀한 수집품이 되었지만 내가 어렸을 때는 당사 특유의 파란 줄무늬와 마셜 포터리 인장이 찍힌 그릇과 머그잔, 단지가 대부분의 집에 있었다. 학생들은 견학을 가서 예술가들이 점토 위에 살짝 색을 칠해 도자기에 영원히 남을 무늬를 새기는 모습을 지켜보았다. 어떤 아이들은 자기 이름을 새긴 도자기를 들고 집으로 돌아갔고, 어떤 아이들은 도자기를 꽃이나 토끼 모양으로 장식하고 싶어했다. 내가 지금도 쓰고 있는 최애 머그컵 역시 코발트빛 철사 무늬가 윗부분을 둥글게 감싸고 있다.

아이들에게도 그 푸른빛은 꼭 마법처럼 느껴졌다. 마치 밤하늘에서 뽑아다가 도자기 위에 찍어 놓은 것 같았다. 프로메테우스가 불을 훔쳐서 경외심에 휩싸인 인간에게 건네주었듯이, 푸른빛은 신에게 훔쳐온 선물 같았다. 어린 학생이었던 우리 중 누구도 꼬집어 말하진 못했지만 그 매혹적인 푸른빛에는 늘 위험의 기미가 서려 있었다. 나는 성인이 된 뒤 코발트블루를 미숙하게 다루면 사람이 죽을 수도 있다는 사실을 알게 되었다. 코발트라는 단어는 광부를 괴롭히고 독살하는 독일의 전설 속 요괴 코볼트kobold에서 유래했다.[6] 코볼트가 제일 좋아하는 은신처는 스몰타이트로, 선명한 푸른빛 결정체를 형성하는 이 광물에는 치명적인 비소가 섞여 있다. 19세기에 화학자들은 광산의 치명적인 '코발트화'에 목숨을 잃지 않고 코발트를 추출하는 방법을 찾아냈지만 이 색소의 과거에는 죽음이 영원히 도사리고 있다.

마셜 포터리에서 몇 킬로미터 떨어진 곳에 있는 블루 버클 청바지 공장도 어린 우리의 상상 속에서 크나큰 존재감을 뽐냈다. 내가 학교에 입학할 무렵 공장은 문을 닫았지만 버려진 거대한 건물은 시내의 공공도서관과 감리교회 근처에서 일상의 배경으로 자리잡았다. 여러 친구의 가족이 휘몰아치는 파란 면직물과 텍사스의 열기 속에서 재봉틀을 돌리던 고된 노동을 기억하고 있었다. 우리 동네는 손가락에 굳은살이 박이고 파란색 가래가 나오던, 오래 서 있느라 다리가 결리던 기억으로 가득했다. 그러나 이런 이야기는 대개 "그땐 그랬어"라는 식의 사무적인 어조로 전해졌을 뿐, 그래서는 안 됐다는 감각은 전혀 없었다. 우리 모두가 겪은 이야기였기 때문이다. 가족이 도자기나 청바지와 관련이 있든 없든, 마셜에 오래 살면 어떻게든 어디서든 파란 피가 흐를 수밖에 없었다.

　　　　　　　　　　　　　　　　　청바지

마셜의 마법 같은 파란색은 보기에만 아름다운 것이 아니었다. 파란색은 또한 돈을 의미했다. 즉, 거주할 집과 몸에 걸칠 옷을 마련할 수 있다는 뜻이었다. 단 하나의 색깔이 지역 가족들을 대대로 먹여 살렸고, 푸른색이 생계를 책임진 지역은 마셜만이 아니었다. 파란색은 수천 년간 사람들의 이목을 집중시키는 빛깔이었기에 수많은 도시와 산업, 제국이 파란색을 생산하며 원동력을 얻었다. 빛깔이 희귀할수록 가격도 더 높았다.

자연에서 파란색은 비교적 드물다. 하늘과 바다의 빛깔이 푸르긴 하지만 그건 캔버스나 옷감에 고정할 수 있는 유형의 물질이 아닌 형체 없는 빛의 속임수다. 오늘날에는 물감 가게에 가면 직원이 맛깔스러운 파란색을 순식간에 혼합해주기 때문에 인간이 이런 귀한 특권을 손에 넣은 지 얼마 되지 않았다는 사실을 잊기 쉽다. 역사상 오랫동안 사람들은 주변 세상에서 구할 수 있는 색소만 사용할 수 있었고, 식물과 동물, 광물에서 원하는 색을 추출했다. 대량 운송이 가능해지고 무역이 세계화되어 광범위한 체계를 갖추기 전까지 대다

수 사람은 그 지역 땅에서 나는 제한된 색상에 의
존했다.

유럽에는 푸른색 안료나 염료를 생산할 수 있는
자원이 드물었다. 가장 안정적인 공급원은 노란
꽃을 피우는 잡초인 대청(학명 이사티스 틴크토리
아Isatis tinctoria)이었다. 대청을 저장하려면 잎을 따
서 커다란 양파 크기로 동그랗게 뭉친 다음 야외
에서 말려야 했다. 푸른색 염료를 추출하려면 공
모양으로 말린 이파리를 뜨거운 햇살 아래 사흘간
오줌에 담가놔야 했다. 그렇게 만든 노란 액체로
천을 염색했고, 천을 용액에서 꺼내 산소가 풍부
한 대기 중에 걸어 말리면 천이 파란색으로 변했
다.[7] 대청의 푸른빛은 (비록 냄새는 좀 날지언정)
자연이 부리는 위대한 마술이었다.

대청이 유럽에서 처음 재배된 시기는 앵글로색슨족과 바이킹족이 살던 시대까지 거슬러올라가며, 13세기 무렵에는 서유럽 전역에서 대청 재배가 주요 산업이 되었다. 여러 정권이 매 생산단계에 터무니없이 높은 세금을 부과해 상당한 수익을 거둬들였다.[8] 영국에서 대청 염료는 유언을 통해 후대에 물려주는 귀중품이 되었고, 염색업자는 대부분 사회에서 높은 지위를 차지했다. 프랑스와 독일에서 대청 염료 무역상은 호화 저택을 지어 막대한 부를 과시했고, 언제나 진취적이었던 제노바의 상인들은 유럽의 해상무역로로 대청 염료를 운송해 떼돈을 벌었다.[9] 유럽인은 안정적으로 푸른 대청 염료를 공급받았으나 높은 수요는 곧 높은 가격을 의미했다.

게다가 대청 염료에는 여러 물리적 한계가 있었다. 대청에는 인디고 염료 화합물이 들어 있지만 함량이 매우 낮다. 열대지방과 아열대 지방에서 잘 자라는(그러므로 유럽에서 자생하지 않는) 인디고페라 틴크토리아에서 추출한 인디고만큼 새파랗거나 물 빠짐에 강하지도 않다. 대청의 '단점란'에는 중요 항목이 또하나 있었다. 대청은 질소를 많이 먹는 식물이라 다량의 암모니아를 방출한다. 대청은 토양을 고갈시켜 불모지로 만들지만, 인디고페라 틴크토리아는 토양의 지력을 보충하는 콩과 식물이다.

대청이 미흡한 지점에서 인디고페라 틴크토리아는 탁월한 역량을 발휘한다. 인디고페라 틴크토리아는 저멀리 물러가는 은은한 하늘빛에서 잉크처럼 강렬하고 불길한 짙푸른 색에 이르기까지 호화로울 만큼 다양한 색조를 자랑한다. 그 파란색은 빛을 발하며 애를 태운다. 꿈속에서도 우리를 끌어당긴다. 전근대 시기 유럽에서는 품질이 형편없는 인디고페라 인디고조차 가공할 가격에 팔려나갔는데, 그렇게 진실하고 깊고 눈부시고 아찔한 파란색은 사치품이었기 때문이다. 오로지 이국땅에서 온 귀하고 선명한 빛깔을 사들일 여유가 있는 사회 엘리트만이 이러한 파란색을 누렸다. 실제로 또다른 유명한 파란색인 울트라마린은 이름부터 "바다 건너에서"라는 뜻이며 과거에 이 염료는 충격적일 만큼 비쌌다. 울트라마린의 원료는 라피스라줄리라는 광석인데, 이 광석은 6000년간 거의 아프가니스탄에서만 채굴되었다. 일단 산 위에 있는 암반에서 원석을 캐낸 후에는 당나귀의 등에 실어 안료 전문가에게 보냈고, 전문가가 가장 순수한 성분만 추출해 분쇄한 뒤 특수한 화학 용액을 이용해 밀랍 및 송진과 섞어 반죽하는 고된 과정을 거쳤다. 라피스라줄리 100그램에서 겨우 4그램의 안료가 나왔다.[10] 이 노동 집약적인 색소가 바다를 건너 유럽 해안에 닿고 또다른 시장에 도착할 무렵에는 그 값이 천문학적으로 뛰어 있었다.

중세 내내 순수한 파란색은 육체노동자의 평범한 작업복에 흔히 쓰이는 색상이 아니었다. 파란색은 지위의 상징이었고, 오로지 노련한 예술가와 장인, 부유한 후원자, 성모마리아 같은 성스러운 존재에게 걸맞은 색이었다. 소작농도 파란색을 구경할 수 있었고 자기 정원에서 덧없이 사라지는 푸른빛의 흔적을 발견할 수도 있었지만, 그 빛깔을 진정으로 소유하려면 고귀한 가문의 피가 흘러야 했다. 그러니 모든 사회계층의 사람들이 파란빛을 동경한 것도 당연했다. 물론 아름답기도 했지만 파란색에는 경의와 권력이라는 중요한 의미가 실려 있었다.

유럽인이 더 온난한 나라까지 식민지를 확장하면서 인디고는 사람들이 탐내는 상품이 되었다. 인디고를 향한 유럽인의 욕구는 끝 간 데 없었고, 상인과 생산자들은 앞다투어 공급을 늘렸다. 17세기에 이르러 식민주의와 노예제도가 갈수록 심화되면서 마침내 인디고가 대량으로 유럽 해안에 도착하기 시작했고, 지주들은 한 세기 전에는 상상도 못 했을 속도로 인디고를 재배했다.[11]

18세기 들어 파란색이 저렴해졌다는 말은 아마 과장일 것이다. 전쟁과 바구미떼, 강수량, 해적 등 온갖 요인에 따라 심하게 요동친 가격을 생각하면 더더욱 그렇다. 그러나 인디고 재배가 확대됨에 따라 마침내 파란색을 간절히 염원하던 대중은 그 색을 손에 넣을 수 있었다. 계층과 상관없이 모두가 마음껏 파란색을 누렸다. 커튼, 옷, 도자기, 가구―가정집은 점점 더 파란색으로 가득해졌다. 상인들은 사람들 사이에서 더 쉽게 눈에 띄려고 파란색 앞치마를 입었다. 설탕에서 전분에 이르기까지 온갖 상품이 파란색 종이로 포장되었다.[12] 유럽과 미국 전역의 군인들이 파란색 군복을 착용하면서 인디고 수요가 높게 유지되었고, 해군은 특유의 '네이비블루' 군복으로 유명해졌다.

단연코 파란색은 18세기 이후 유럽 사회가 가장 사랑하는 색이었다.[13] 인디고가 너무나 중요한 상품이 되면서 1815년경에는 벵골에서 런던

주민들에게 보내는 인디고의 양이 매년 765만 파운드에 달했다.[14] 벵골은 영국에서 중요한 인디고 생산지 중 하나였으나 유일한 생산지는 아니었고, 영국이 인디고를 거래하는 유일한 유럽 열강인 것도 아니었다. 세계경제 전반에서 파란색 색소 생산은 하나의 거대한 사업이었다. 한때 유럽에서 가장 희귀한 색이었던 파란색은 이제 흔한 색 중 하나가 되었다. 평온함과 탁월함, 명예, 영원함처럼 과거에 파란색 하면 떠오르던 의미가 여전히 많이 남아 있기는 했지만, 더이상 부유함을 상징하지는 않았다. 한때 귀족들의 초상화와 문장紋章에만 쓰였던 파란색은 이제 정육점 주인의 피 묻은 앞치마와 쓰레기통에 쌓인 설탕 포장지에 흔히 쓰이는 색상이 되었다.

1890년 무렵에는 "블루"라는 단어조차 더 흔하게 쓰이고 있었다. 영국의 사전학자인 존 스티븐 파머는 자신이 편찬한 구어 사전에서 이렇게 말했다. "블루라는 단어만큼 속어와 속어에 근접한 구어로 많이 쓰이는 단어는 거의 없다."[15] 그 말마따나 12쪽 분량의 사전적 정의가 이어지며 사실을 입증한다. "블루하다"라는 동사에는 얼굴이 빨개지다, 저당잡히다, 소비하다, 오판하다, 훔치다라는 뜻이 있었다. "파란 비둘기를 날리다"라는 표현은 가정집 지붕에서 납을 훔친다는 뜻이었다. "나사를 파랗게 칠하다"는 봉급을 탕진한다는 의미였다. "블루 펑크"는 너무 초조하거나 겁먹은 나머지 몸에서 악취가 날 만큼 땀을 흘리기 시작한다는 뜻이었고, "블루해 보인다"는 깜짝 놀라거나 짜증난 듯이 보인다는 뜻이었다. "블루 달리아"는 탐나는 희귀품을 가리켰고, "블루 보이"는 보통 성병과 관련된 (그러므로 전혀 탐나지 않는) 종기를 뜻했다. "공기를 파랗게 하다"는 악담을 퍼붓거나 욕을 한다는 뜻이었으며, "블루 스톤"이나 "블루 루인blue ruin"은 "새파

래진"(즉, 만취한) 사람들이나 마시는 싸구려 진을 가리켰다. 문학을 애호하는 여자들은 블루스타킹이라고 불렸고, 총알에는 파란 자두, 파란 약, 파란 호각이라는 이름이 붙었다.

파머는 파란색과 관련된 속어의 종류가 이렇게나 다양할 뿐만 아니라 파란색이 내포하는 의미도 무척이나 광범위하다는 사실에 깜짝 놀랐다. 그는 파란색이 "극도의 경멸과 인간이 가장 아끼고 사랑하는 것을 모두 의미한다"며 감탄했고, 이 단어가 쓰이는 방식에서 아무 패턴도 발견하지 못했다. 그는 "증거에 따르면 좋은 의미와 나쁜 의미를 동시에 내포하는 듯 보인다"라고 설명했다.[16] 본질적으로 파란색이 만인에게 만사를 의미하게 된 것이다. 파란색은 풍족하지도 빈곤하지도 않았

                                                    청바지

고, 선하지도 악하지도 않았으며, 고결하지도 천하지도 않았는데, 바로 파란색이 이 모든 것을 뜻하기 때문이었다. 그렇다면 모순적인 색상인 파란색이 세상에서 가장 모순적인 의복인 청바지의 핵심 요소가 된 것은 몹시 적절한 일이었다.

각종 색상 선호도 조사에 따르면 파란색은 여전히 높은 자리를 지키고 있다. 젠더와 거주지, 정치적 신념과 상관없이 전 세계 인구 대다수가 파란색을 가장 좋아하는 색으로 꼽는다.[17] 심리학자 스티븐 E. 파머와 캐런 슐로스에 따르면 사람들이 파란색을 선호하는 이유는 하늘이나 물처럼 우리가 파란색 하면 떠올리는 것들이 대부분 긍정적인 느낌을 내포하기 때문이다.[18] 그러나 역사가 미셸 파스투로는 그 이유가 긍정성보다는 중립성과 관련있을지도 모른다고 말한다. "우리가 파란색을 가장 좋아한다고 말할 때, 결국 우리는 자신의 어떤 면을 드러낼까? 거의 아무것도 드러내지 않는다. 너무 뻔한 대답이기 때문이다…… 서구의 색채상징에서 파란색은 아무 파장도 일으키지 않는다. 파란색은 차분하고 평온하고 완곡하며 중립적이다."[19] 파스투로가 판단하기에 파란색은 너무 무해해서 무의미에 가까워졌다.

나는 청바지에 일반적인 색상 규칙이 적용되지 않는 이유가 바로 이것이라고 생각한다. 오늘날 "파란색과 초록색이 동시에 보여선 안 된다"라는 옛 규범을 기억하는 사람은 별로 없다. 파란색과 초록색은 서로 어울리지 않기 때문에 절대 같이 써서는 안 된다는 색상 규칙이다. 오늘날의 색상 전문가와 인테리어 디자이너, 패션 전문가들은 반발하며 이 규칙이 구시대적이라고 주장하고 있다.[20] 그러나 패셔니스타들이 수칙을 따르던 시기에도 데님은 예외처럼 보였다. 초록색 셔츠는 청바지와 잘 어울렸다. 청바지가 파란색이라는 것은 부정할 수 없는 사실이었는데도 말이다. 마찬가지로 나는 어렸을 때 늘 파란색을(그중에서도 특히 네이비블루를) 검은색과 매치하지 말라는 말을 들었는데, 왜인지 네이비 청바지와 검은색 셔츠는 아무 문제 없이 허용되는 조합이다. 아무도 뭐라고 하지 않는다. 청바지는 너무 평범한 옷이 되어서, 대다수가 청바지를 파란색으로 인식조차 하지 않는다. 청바지는 모든 색과 잘 어울리는 중립적인 옷이다. 청바지에 관한 한, 한때 세상에서 가장 탐내던 색상은 이제 거의 눈에 보이지 않는 색상이 되었다.

파란 염료

인디고가 17세기와 18세기에 유럽인의 마음을 사로잡았다면, 다른 국가들은 수천 년 전부터 인디고의 가치를 알았다. 오래되고 명확한 고고학적 발견에 따르면 인디고는 기원전 5000년에 남아메리카에서 이미 사용되고 있었다.[21] 유물들은 놀랍게도 여전히 파란색을 간직하고 있었는데, 그건 인디고가 강력한 천연염료이기 때문이다. 인디고는 다른 많은 색소와 달리 색이 바래더라도 빛깔이 절대 변하지 않는다. 인디고블루는 이 세상이 끝나는 날까지 파란빛을 유지할 것이다.

고대이집트의 염색업자는 미라에게 입히는 리넨 옷에 파란색 줄무늬를 넣었다. 성경에도 파란색 직물이 등장하며, 중남미의 고대 문명 역시 인디고 염색법을 확실하게 파악하고 있었다. 인도네시아의 경우 기원전 1000년 말경에 산스크리트어 단어 닐라nila(식물 인디고와 어두운 파란색을 모두 가리킨다)와 함께 인디고가 도입되었다는 증거가 있다. 인디고라는 단어 자체는 인도에서 온 물질이라는 뜻의 그리스어 단어 인디콘indikon에서 나왔다. 이 어원에서 인디고가 이미 고대에 먼 거리

를 이동했다는 사실이 드러난다.[22]

라이베리아의 한 전설에는 하늘 한 조각을 먹고 더없이 행복한 꿈속으로 빠져든 여자가 등장한다. 여자가 꿈꾸고 있을 때, 여자의 아기가 나뭇잎 침대에서 굴러떨어져 키 큰 풀 틈에서 숨이 막혀 죽고 말았다. 잠에서 깨어난 여자는 자신이 만용을 부려 벌을 받았음을 깨닫고 죽은 아기를 어르며 슬퍼하다 결국 정신을 잃었다. 꿈속에서 나타난 물의 정령은 짭짤한 눈물과 오줌, 강물, 재, 야생 인디고 이파리를 섞으면 여자가 그토록 갈망하던 선명한 푸른색을 얻을 수 있다고 알려주었다. 여자는 인디고 염색의 비밀을 사람들에게 전했고, 최고신은 누구도 하늘을 먹고 싶은 욕망에 사로잡히지 않도록 하늘을 더 높이 끌어올렸다.[23]

여러 문화에서 인디고 염색업자는 사람들에게 존경받았는데, 그들이 하는 작업이 매우 까다롭고 복잡했기 때문이다. 인디고는 아름다운 색을 내지만 다른 천연염료만큼 선뜻 자기 비밀을 넘겨주지 않는다. 천연염료 중에는 그저 열만 가하면 섬유에 색을 입힐 수 있는 직접염료가 있다. 강황이 좋은 예다. 끓는 물에 모직물과 강황을 던져 넣으면 섬유가 눈부신 금색으로 염색되는 것을 볼 수 있다. 그러나 대다수 염료는 간접염료다. 이러한 염료로 섬유에 색을 입히려면 화학물질인 매염제를 추가해야 한다. (단어 매염제mordant는 깨문다는 의미의 고대 프랑스어에서 유래되었다. 그러므로 매염제는 염료가 섬유에 이빨을 박아넣을 수 있도록 돕는 물질로 이해하면 된다.) 과거에는 주부 대다수가 커다란 통에 꽃과 허브, 백반 한 꼬집을 넣어 아름다운 색을 물들이는 방법을 알았다.

인디고는 다르다. 매염제가 필요하지는 않지만 열만 가한다고 인디고 염색이 되지도 않는다. 먼저 따뜻한 알칼리성 물로 통을 가득 채우고 인디고 이파리를 한 다발 넣는다. 이파리가 바닥에 가라앉도록 통나무나 돌로 누른 뒤 발효시킨다.[24] 이런저런 물질을 첨가해 발효 속도를 높이고 알칼리성을 유지한다. 흔히 쓰이는 첨가제는 재나 라임, 꿀, 독주, 가축의 똥, 오래된 오줌이다.[25] 이파리에서 염료가 빠져나오면 액체는 누르스름한 초록색을 띠고 표면에 번들거리는 구릿빛 막이 생긴다. 이때 옷감을 통에 담근다. 하지만 한 번만으로는 색이 연하다. 깊고 진한 색을 내려면 옷감을 담갔다 꺼내는 과정을 여러 차례 반복해야 하며, 이 용액은 운송하기 쉽지 않아 근대 초기의 유럽 무역상을 무척 당혹스럽게 했다.[26]

인디고를 최강 상품으로 만들려면 쉽게 운송할 수 있도록 염료를 완전히 추출해야 했다. 방법 자체는 고대 인도인이 이미 발견한 것이지만, 유럽의 식민지 개척자들이 공장화를 통해 그 과정에 프로펠러를 달았다. 이들은 인디고 이파리가 적절한 수준으로 발효되면 커다란 탱크에 액체를 옮겨 담고 라임을 넣었다. 이때부터 고된 노동이 시작되었다. 노동자들은 탱크 안에 서서 크고 무거운 나무 주걱으로 열심히 물을 휘저었다. 용액이 산화되면서 표면 위로 부글부글거리며 파란색 거품이 올라왔고, 고체 입자는 탱크 바닥으로 가라앉았다. 노동자들이 맑은 액체를 고생스럽게 조금씩 퍼내다보면 마지막에는 진한 파란색 침전물만 남았다. 그러면 이 침전물을 천 위에 펼치고 햇볕에 살짝 말렸다. 반죽이 완전히 마르기 전에 동그란 모양으로 뭉쳐서 구우면 딱딱한 염료 덩어리가 만들어졌다.[27]

인디고는 이런 식으로 장거리 무역에 적합해졌다. 썩지도 흐르지도 않았고, 선창에서 지나치게 많은 공간을 차지하지도 않았다. 고도로 농축된 염료 덩어리들은 효과가 강력하고 수익성도 높아서 파란색 금이라고 불릴 정도였다. 인디고 염료를 생산하는 고된 노동에서 멀리 떨어져 있던 유

럽에서는 염료의 자연적 형태가 벽돌 모양이라고
생각하는 사람이 많았다. 1616년의 한 영어 사전
은 인디고를 "튀르키예에서 가져온 돌"이라고 정
의했다.[28]

파란색 벽돌 덕분에 인디고를 전 세계로 운반하
는 물리적 어려움은 사라졌지만 그렇다고 유럽에
서 인디고가 곧바로 급부상한 것은 아니었다. 인
디고가 유럽 시장에 진입하자 대청 염료 생산자들
은 새로운 파란색이 자기네 영역을 침범한다는 생
각에 몹시 불쾌해했다. 식민지에 투자한 부유한
지주와 상인들은 본토에 단단히 뿌리내린 생산자
들과 다투기 시작했고, 싸움은 격렬했다. 대청 염
료 생산자들은 뛰어난 로비스트였다. 이들은 유럽
전역에서 인디고가 "악마의 염료"이며 유독하다
고 사람들을 설득했다. 네덜란드의 대청 지지자들
은 인디고를 만지면 성기능을 잃는다고 경고했고,
1598년에 프랑스 왕은 랑그도크 지방에서 인디고
수입을 금하며 이 "부정한" 염료를 사용하는 것이
적발되면 사형에 처하겠다고 선언했다.[29]

이러한 중상모략에도 결국 생산자와 소비자는

인디고가 더 우수한 염료임을 깨달았고, 이 외래 식물의 수요는 점점 증가했다. 18세기에 염색업자들은 인디고 사용 금지법을 조심스레 무시하기 시작했다. 여러 정권에서 대청보다 인디고 수익으로 국고를 더 빨리 채울 수 있음을 파악하기까지는 그리 오랜 시간이 걸리지 않았고, 딱한 대청 생산자들은 대부분 방치되었다.

인디고의 번영은 또하나의 중요한 환금작물인 목화와 밀접한 관련이 있었다. 대청으로 면을 염색할 수 있긴 하지만 면 같은 식물성섬유는 양모나 명주 같은 단백질섬유만큼 파랗게 잘 물들지 않는다. 반면 인디고는 웬만한 천연염료를 잘 흡수하지 않는 면에도 잘 물든다. 17세기와 18세기에 면은 유럽에서 거대한 산업이 되어가고 있었다. 면은 원래 수 세기 동안 유럽의 관심이나 개입 없이 주로 중국과 인도에서 생산되었다. 그러나 이 "일상 속 직물"이 얼마나 유용하고 돈이 되는지 알게 된 유럽의 사업가들은 이 소박한 섬유에 주목하기 시작했다.

역사가 스벤 베케르트는 유럽의 "전쟁 자본주의"에서 면이 핵심 역할을 차지하게 된 과정을 꼼꼼하게 기록했다. 여기서 전쟁 자본주의란 노예제도와 제국주의의 팽창, 무력을 동원한 무역, 토착민에게서 약탈한 자원을 기반으로 구축된 경제체제를 말한다. 베케르트는 유럽인이 "국제적인 면화 무역망에 더 빈번히 끼어들었고, 그 과정은 종종 폭력적이었다"고 설명한다.[30] 이내 유럽인은 인도에서 얻어낼 수 있는 이 아름다운 면 직물이 다른 유럽 국가뿐만 아니라 아프리카와 미국, 아시아에서도 인기를 끈다는 사실을 깨달았다. 1760년, 영국은 면 직물의 3분의 1을 수출했고 당시 중요한 수입국은 아프리카와 미국이었다. 18세기 말 무렵 그 비율은 3분의 2로 증가했고, 겨우 50년 뒤에 94퍼센트라는 믿기 어려운 수치를 기록했다.[31] 유럽은 직물 무역에서 성공을 거두며 세계 강국의 자리를 더욱 공고히 했다.

식민지 제도는 효율성과 경제적 성과, 잔혹함이 어마어마했다. 벵골의 한 영국인 치안판사는 법률 위원회 앞에서 "인간의 피로 얼룩지지 않고 영국에 도착한 인디고는 단 한 상자도 없었다"라고 진술했다.[32] 그러나 영국이 손에 피를 묻힌 유일한 국가는 아니었다. 포르투갈과 스페인도 중남미에 인디고 농장을 세웠고 다른 유럽 국가들도 재빨리 전 세계의 열대 및 아열대 지역에서 그 뒤를 따랐다. 네덜란드는 인도네시아에서 인디고를 재배했고 영국은 인도에서 인디고 염료를 생산했으며 프랑스와 영국은 카리브해 지역과 북미 일부 지역에 대규모 사업체를 설립했다.[33]

미국 내에서는 사우스캐롤라이나가 인디고 생산의 중심지였다. 사우스캐롤라이나에서 생산한 염료는 세계 다른 지역에서 생산한 염료에 비해 품질이 낮았지만 그만큼 저렴해서 노동자들이 입는 작업복과 군복, 노예들이 입는 옷, 일상 용품, 아메리카 원주민과 거래할 물품에 사용하기 적합했다.[34] 인디고 무역이 절정에 이른 1775년, 미국은 인디고 염료를 연간 110만 파운드 이상 수출했다.[35] 추상적으로는 별 의미 없는 숫자일지 모르지만 한번 이런 식으로 생각해보자. 염료 1파운드를 생산하는 데 인디고 100파운드가 필요하다.[36] 작은 염료 덩어리 하나를 만드는 데 약 135제곱미터의 땅이 들어가는 셈이다.[37] 미국 대다수의 아파트보다 더 넓은 면적이다. 이제 그 파란색 염료 덩어리 하나를 만드는 데 얼마나 많은 노동력이 필요했을지, 인디고 씨앗을 뿌릴 때부터 염료 덩어리를 배에 실어서 지구 저편으로 보낼 때까지 얼마나 많은 손길이 닿아야 했을지 생각해보자. 인디고 무역의 규모가 커지면서 토착민 영토의 점령과 아프리카인 및 미국 원주민의 노예화도 점점 심해졌다. 모든 삶과 모든 땅이 자몽 하나보다도 가벼운 하나의 꾸러미로 압축되었다.

　면과 인디고라는 한 쌍의 사치품에 힘입은 전쟁 자본주의의 무자비한 위력은 전 세계의 경제체제를 뒤바꿨다. 리바이 스트라우스와 그의 사업 파트너 제이컵 데이비스가 첫번째 공장의 문을 연 1873년에 인디고로 염색한 능직 면직물(데님)은 튼튼하고 경제적인 바지에 딱 맞는 선택지였다. 면과 인디고는 헤아릴 수조차 없는 생산 규모에 힘입은 드림팀이었다. 인디고를 생산하는 전 세계 노동자들은 24시간 쉬지 않고 일했다. 발효되는 이파리와 부패물의 구역질나는 냄새에 파리떼가 들끓었다. 무거운 액체를 휘젓느라 근육통이 생겼고 구부정한 자세가 계속되어 등이 굽었으며 손톱과 피부에 밴 파란 물이 빠지지 않았다. 인도 노동자들은 혹독한 노동조건에 분개했으나 몸이 쑤신다는 사실보다 자신들의 땅이 지역공동체에 필요한 식량이 아니라 수출할 환금작물 생산에 쓰인다는 사실이 그들을 더 분노케 했다. 1859년, 인디고 노동자들의 인내심은 한계에 다다랐고 훗날 파란 반란이라고 이름 붙은 일련의 폭동을 일으켰다.

인도에서 인디고 재배는 사전 계약 방식을 따랐다. 농민, 즉 라이오트ryot는 대지주, 자민다르zamindar에게 땅을 빌렸다. 영국의 인디고 농장주는 자민다르를 중개인으로 삼았다. 농장주는 지주들과 계약을 맺었고, 지주들은 농민들에게 요구량을 전달했다.[38] 농민들은 보수를 선불로 지급받았는데, 이론상으로는 그 금액으로 노동과 재배에 투입된 자원이 보상되어야 했지만 사실 농민들은 계약조건을 결정할 권한이 없었다.[39] 농장주들이 한 철에 어마어마한 생산량을 요구하면 농민들은 반드시 그만큼 인디고를 생산해내야 했고 저항할 여지는 없었다.

농민들은 갈수록 더 많은 땅을 인디고 재배에 바

쳐야 했고, 그럴수록 쌀과 렌틸처럼 가족을 먹여 살릴 작물을 경작할 땅은 줄어들었다. 설상가상으로 수년간 흉작이 이어지며 상황이 더 복잡해졌다. 수확량이 적어서 선불금을 상환하지 못하면 그 빚이 다음해로 넘어갔다. 시간이 갈수록 농민들의 빚이 쌓여갔고, 그들에게는 빚을 다 갚을 만큼 수익을 낼 방도가 없었다.[40] 인디고로 벌어들이는 돈은 대부분 농민이 아닌 농장주의 주머니로 들어갔고 파란색 염료는 주린 배를 달래주지 못했다.

나쁜 날씨가 5년간 이어진 1859년, 상황이 악화될 대로 악화되었다. 농민 수천 명이 선불금을 거부하며 인디고를 재배하지 않겠다고 선언했다. 이 반란은 수년간 규모를 키우며 벵골 남부에서 500만여 명의 소작농을 끌어들였다.[41] 인디고 반

   청바지

란은 대개 소극적이고 평화적이었지만 폭력적인 분위기가 퍼진 곳도 있었다. 일부 지역에서는 농민들이 인디고 염료 포장 공장을 파괴했다. 또 어떤 곳에서는 농장주들이 폭력으로 소작농을 제압하려 했지만 농민들 역시 협박에 넘어가지 않겠다며 강력히 맞서 싸웠다.[42]

1860년, 벵골 부총독은 인디고위원회를 발족해 업계 실태를 조사하게 했다. 위원회의 최종 보고서는 "양측에 잘못이 있다"라고 설명하면서도 계약조건을 더욱 명료화했다. 만약 농장주가 사기나 강압, 협박을 통해 합의를 얻어냈다면 농민은 계약을 지키지 않아도 괜찮았다.[43] 서서히 평화가 회복되었지만 불안한 휴전 상태일 뿐이었다. 많은 농장주가 다른 지역으로 산업을 옮겼고, 인도의 인디고 노동자들과 농장주 간의 갈등은 이후로도 수십 년간 계속 표면 위로 불거졌다.[44] 특히 1916년에는 적대감이 다시 고조되면서 모한다스 간디라는 이름의 젊은 활동가가 저항을 주도했다.

인도 아대륙에서 파란 반란이 일어나는 동안 유럽 대륙에서도 또다른 반란이 발생하고 있었다.

1850년대에 화학자들은 콜타르처럼 풍부하고 저렴한 물질을 사용해서 인기 염료의 분자구조를 재현하는 방법을 알아내기 시작했다. 염료 한 덩어리를 만드는 데 곤충 수천 마리와 어마어마한 양의 암석이 필요하던 시절은 지나갔다. 소중한 염료를 배에 실어 바다 건너로 보내며 염료가 썩지 않기를, 배가 폭풍이나 해적을 만나지 않기를 간절히 바라던 시절도 지나갔다. 합성색소를 만드는 데 필요한 것은 그저 통 몇 개, 쉽게 구할 수 있는 저렴한 화학물질, 안정적으로 공급되는 노동력뿐이었다. 전 과정을 국내에서 이행할 수 있었기에 해외에서 염료를 생산할 때만큼 오랜 기간이 걸리지도, 값비싼 간접비가 들지도 않았다.

새로운 화학 색소가 등장한 덕분에 유럽의 제조

　　　　　　　　　　　　　　　청바지

업자들은 안료와 염료, 선명한 색상의 상품을 대규모로 생산할 수 있었다. 한때는 상류층의 몸에만 닿을 수 있었던 색상이 돌연 유럽의 온 거리에 넘쳐흘렀다. 점원도 빨간색 숄을 살 수 있었다. 제빵사도 초록색 스카프를 구매할 수 있었다. 재봉사도 일렉트릭 퍼플 빛깔의 스타킹을 신을 수 있었다. 온 세상이 선명한 색상으로 뒤덮였다. 전에는 한 번도 본 적 없는, 적어도 그런 규모로는 본 적 없는 색상들이었다.

그러나 갖가지 색깔이 흘러넘치는 이 새로운 세상에서도 파란색은 여전히 포착하기 어려웠다. 파란색은 매번 화학자들의 뜻을 거스르며 더 저렴하고 쉽게 구할 수 있는 형태로 합성되기를 거부했다. 다른 천연색소 산업이 흔들리는 와중에도 인디고 산업은 계속해서 번창했다. 1865년, 독일의 화학자 아돌프 폰 베이어가 인디고의 화학구조를 파악했지만 그가 몸담은 바디셰 아닐린 운트 소다 파브리크BASF에서 최초의 합성 인디고였던 인디고 퓨어를 성공적으로 출시한 것은 1897년의 일이었다. BASF는 이 상품을 개발하는 데 1800만 골

트마르크를 쏟아부었는데, 이는 당시 회사 자체
의 가치를 뛰어넘는 큰 금액이었다.[45]

이 위험한 투자는 기대 이상의 성과로 이어졌
다. 염료 제조업체로서 성공을 거둔 BASF는 다
른 상품 분야까지 규모를 확장했다. 오늘날 BASF
는 전 세계에서 가장 큰 화학 기업이며 BASF의 자
매회사인 바이어는 큰 제약회사 가운데 하나다.
BASF는 황산과 암모니아 기반의 비료, 고무, 연료
생산에서 혁신적인 역할을 담당했다. BASF의 자
회사 중 하나는 1935년에 최초의 테이프리코더를
생산하기까지 했다. 그러나 BASF가 이뤄낸 혁신
이 전부 유익한 것은 아니었다. BASF의 자매회사
이게 파르벤은 제2차세계대전 때 나치 강제수용
소에서 사용한 유독가스 치클론B Zyklon-B를 생산했고, 이 회사의 임원 23명이 뉘른베르크재판에서 전쟁범죄를 저지른 혐의로 재판받았다. BASF의 모든 성과(그리고 죄악)의 근원에는 인디고 퓨어의 성공이 있으며, 더 깊은 곳에는 파란색을 향한 대중의 갈망이 있다.

파란색은 강렬한 색이다. 파란색은 얌전히 앉아만 있지 않는다. 인간 삶의 거의 모든 측면에 조용히 손을 뻗어 아름다움과 장엄함, 두려움으로 존재감을 드러낸다. 수천 년간 인간은 파란색을 활용하려고 애써왔고, 근대 초기부터 유럽인은 놀라운 성공을 거두기 시작했다. 수많은 대륙이 파란색으로 물들었다는 설명은 멋지게 들릴 수도 있지만, 이 아름다운 색조에는 수많은 인적 피해가 뒤따랐다. 우리가 파란색을 마음껏 사용하면서 치르는 진짜 대가는 무엇일까?

파란색은 녹색이 아니다

1920년대에 천연염료가 세계시장에서 차지하는

비율은 10퍼센트 미만이었다.[46] 인디고 퓨어 같은 합성염료가 미래의 길을 열었고, 오늘날 합성염료는 청바지의 상징적 색을 내는 주원료로 사용된다.

합성 인디고를 비롯한 인디고는 수용성이 아니라서 면에 완벽하게 스며들지 않는다. 파란색으로 염색한 면사는 속이 언제까지나 흰색으로 남아 있으며, 세탁할 때마다 파란 염료가 섬유에서 조금씩 빠져나간다. 이러한 특성은 단점처럼 보일 수 있지만 데님을 사랑하는 수많은 팬들은 이것이야말로 청바지를 특별하게 만드는 요소라고 말한다. 청바지는 입을수록 색이 바래고 부드러워지고 형태를 갖춰가면서 주인과 함께 변화한다. 이런 의복과는 금세 돈독한 관계를 맺게 된다. 서로에게 맞춰 서서히 변해가면서 우리는 청바지와 일종의 공생 관계를 형성한다.

이것이 사물과 아름다운 관계를 맺을 수 있다는 말처럼 들린다면, 실제로 그렇다. 그러나 현실에서 많은 소비자는 관계가 그렇게 발전될 만큼 청바지를 오래 입지 않는다. 혹은 청바지를 너무 많이 구입해서 그중 단 한 벌도 "세월의 흔적이 남은" 상태에 이르지 못한다. 미국 여성은 청바지를 평균 여섯 벌, 미국 남성은 평균 다섯 벌 소유하고 있다.[47] 멕시코에서 그 숫자는 열여섯 벌까지 뛰며, 중국의 경우 소비자의 절반 이상이 최신 트렌드를 따라잡기 위해 시즌마다 새 데님 상품을 구매한다고 말한다.[48]

이미 많은 사람이 패스트 패션 개념을 알고 있을 텐데, 패스트 패션이란 트렌디하고 저렴한 옷을 빛의 속도로 생산하는 산업이다. 어쩌면 패스트 패션이 노동자와 환경에 미치는 악영향에 대해서도 이미 알고 있을지 모른다. 그러나 나는 이 책 자료 조사를 시작하기 전까지만 해도 데님이 패스트 패션의 사악한 주범 중 하나라는 사실을 알지 못했다. 데님 생산에는 에너지와 땅, 물, 화학약품이 극도로 많이 들어간다. 데님은 자원을 집어삼키는 짐승이며, 우리는 해가 갈수록 이 짐승에게 기꺼이 더 많은 먹이를 준다. 면 생산에 필요한 물의 양(면은 그 자체로 탄소 발자국을 엄청나게 남기는 물 집약적 상품이다)을 차치하고서도, 청바지 단 한 벌을 만드는 데 최대 1만 1천 리터가량의 물이 들어간다.[49]

청바지를 염색하려면 면사를 염료에 수차례 담가서 색을 쌓아올려야 한다. 원하는 진하기에 도달하기까지 면사를 담갔다 빼는 과정을 열두 번 반복할 수 있다. 저널리스트 레이철 루이즈 스나이더는 자신의 저서 『블루진, 세계 경제를 입다』에서 이탈리아의 오래된 섬유 업체 중 하나인 레글러의 염색실에 방문했던 때를 다음과 같이 설명

　　　　　　　　　　　　청바지

한다.

이 공정에는 염색 통과 기계를 일렬로 연결한 기구가 필요한데, 길이가 풋볼 경기장보다도 긴 이 기구를 통해 초당 수천수만 개의 실이 인디고 통에 들어갔다 나온다. 레글러의 인디고 통 또는 염색 통은 대략 작은 자동차 크기이며, 그 안에 든 인디고는 거품이 떠서 부글거리고 꾸르륵 소리를 내며 곰팡이 핀 치즈가 과열된 것처럼 수상쩍은 악취를 풍긴다. 이 통들은 회사의 나머지 제조 부문과 마찬가지로 주 5일 3교대를 통해 24시간 가동된다.[50]

이처럼 거대한 통에 실을 여러 차례 담갔다 빼는 과정에서 어마어마한 양의 폐수가 발생하며, 이 폐수는 화학 염료 탓에 보통 정화하거나 재사용할 수도 없다. 데님의 빈티지한 느낌을 내는 데 사용되는 저렴하고 대중적인 수단인 황화염료는 그중에서도 특히 위험하고, 처리를 거친 뒤에도 물에 잔류물이 남는다.[51]

데님 실은 염색 외에도 보통 다음과 같은 과정을 거친다.

• 호부sizing. 실의 내구성을 높이기 위해 전분이나 폴리비닐알코올, 카르복시메틸셀룰로오스를 먹이는 과정이다.

• 파라핀을 발라 실에 매끄러운 광택을 낸다.

• 머서화mercerization. 실을 수산화나트륨 용액에 담갔다가 산을 이용해 중화시키는 과정. 이 과정을 거치면 수축이 줄고 염료 흡수성이 좋아지며 촉감이 더 부드러워진다.

• 때로는 납을 함유한 매염제를 추가해 색을 고정한다.

• 제직을 마친 원단은 마무리 화학 용액에 담가서 성능을 강화한다.[52]

가공이 끝난 데님은 다른 공장으로 보내 패턴에 맞춰 재단한 뒤 조립라인 방식으로 재봉한다.

마지막으로 바지를 '세탁소'라고 불리는 장소로 보내 특유의 낡은 느낌을 낸다. 오래 사랑받아 낡은 청바지처럼 해지고 찢기고 빛이 바랜 흔적을 남기는 것이다. 낡은 느낌을 낸다는 뜻의 단어 디스트레스distressed*는 이 단계에서 벌어지는 일을 묘사하기에 아주 적절한 단어인데, 청바지가 온갖 수난을 당하기 때문이다. 청바지는 사포로 긁히고, 다이아몬드 가루 세례를 받고, 효소에 절여지고, 포름알데히드에 담긴다. 산을 뿌리거나 표백하고, 기계에 돌려 마모시키거나 과망가니즈산 칼륨 같은 독성 화학물질을 끼얹기도 한다.

물론 화학물질이 그 자체로 나쁜 것은 아니지만 유독한 물질을 부적절하게 다루거나 적절한 보호 없이 다루면 환경과 인간의 삶을 위험에 빠뜨릴 수 있다. 많은 산업국가에 환경을 보호하는 규제가 있지만 일부 국가에서는 그러한 규제가 있

---

* 고통받는다는 뜻도 있다.

다 해도 허술하게 집행될 뿐이다. 예를 들면 전 세계의 청바지 중심지로 알려진 중국의 신탕이 그렇다. 2017년, 신탕에 위치한 3000여 개의 청바지 관련 사업체는 하루에 청바지 250만 벌을 생산할 수 있었다.[53] 그러나 여기에는 큰 대가가 따랐다. 강물이 짙푸른 색으로 물들었고, 오염이 너무 심각해서 지역 주민들은 "신탕의 집은 아마 거저 줘도 아무도 안 살 것"이라고 자조했다.[54] 2010년에 그린피스는 이 지역의 물과 퇴적물에서 다섯 종류의 중금속(카드뮴과 크롬, 수은, 납, 구리)을 발견했다. 한 샘플에서는 카드뮴이 중국 기준치를 128배 초과했다.[55]

신탕에서 일하려 하는 사람들은 대부분 높은 봉급에 매력을 느끼고 다른 지역에서 찾아온 이주자

다. 그러나 일단 이곳에 도착한 이들은 혹독한 노동환경에 처한다. 익명을 요구한 한 노동자는 중국 저널리스트에게 신탕에서 일하는 피고용자는 대부분 계약서를 쓰지도, 보험에 가입하지도 않으며 첫 3개월 동안에는 봉급도 받지 못한다고 말했다.[56] 신탕의 데님 공장 근처에서 살거나 일하는 이주자 다수는 피부 발진과 불임 등 고질적인 건강 문제를 호소한다.[57] 또한 섬유 및 염색 노동자들은 암 발병 위험이 높으며, 오늘날 이 분야 노동자 대부분은 여성이다.[58]

신탕의 상황이 세계적 뉴스가 되자 중국 정부는 억제책을 마련하기 시작했다. 2018년, 정부는 후난성 창닝에 새로 청바지 도시를 세울 것이며 이곳에서는 환경보호를 최우선 과제로 삼을 것이라고 발표했다.[59] 그러나 신탕은 청바지 산업에 유린된 유일한 지역이 아니다. 노동력이 저렴하고 이윤 폭이 좁은 산업에서는 환경이 비위생적인 경우가 당황스러울 만큼 흔한데, 대다수 섬유 생산업체가 이에 해당한다. 전 세계의 데님 노동자와 그들의 이웃은 저렴한 청바지를 향한 대중의 끝없는 갈망을 채워야 한다는 명목으로 비위생적인 생활환경에 처하고 있다.

누군가는 이렇게 생각할지도 모른다. '그렇다면 유기농 청바지를 입으면 되잖아?' 그러나 나쁜 소식이 있다. 유기농이라고 전부 지속 가능한 것은 아니며, 실제로 유기농 면을 생산하는 데 더 많은 자원이 들어간다.[60] 게다가 면이 유기농이라고 해도 그 면을 처리하는 물질까지 유기농일 수는 없을 것이다. 오늘날의 대량 판매 시장에서 처음부터 끝까지 완벽하게 유기농으로 만들어진 옷을 사는 것은 불가능하다. 그래도 어쨌든 전 세계가 기적처럼 합의에 이르러 다시 천연색소만 사용하기로 결정했다고 해보자. 그렇다 해도 꼭 환경에 더 나으리라는 법은 없는데, 우리가 현재의 생

 청바지

산량을 유지하고 싶다면 더더욱 그렇다. 인디고가 땅과 노동력을 어마어마하게 집어삼키는 작물이라는 사실을 떠올려보자. 전 세계의 연간 합성 인디고 소비량이 대략 5만 톤을 맴돈다는 점을 고려하면, 수백만 에이커의 땅을 인디고 재배에 바쳐야 현재의 수요를 충족할 수 있다.[61] 게다가 인디고를 그만큼 생산하는 데 들어가는 물과 그 밖의 다른 자원은 아직 고려조차 하지 않았다. 역설적이게도 합성염료가 천연염료 못지않게 환경친화적일지도 모른다.

환경을 중시하는 일부 과학자들이 화학 첨가제를 덜 사용해서 합성 인디고를 만드는 방법을 발견했다. 유전자를 조작한 이콜라이E. coli를 활용하는 방식인데, 연구자들은 결국 이 방식이 생산량을 충족할 만큼 확대될 것이라고 자신한다.[62] 그러나 업계 전문가인 섬유 공학자 피터 하우저는 새로운 인디고로 환경문제를 해결할 수 없다고 단호히 주장한다. 그는 "(박테리아로 생산한 인디고는) 실을 염색한 뒤에 발생하는 오염을 전혀 줄이지 못할 것"이라고 설명한다.[63] 소비자들은 낡은 느낌이 나는 청바지를 너무도 사랑하는데, 바로 그 낡은 느낌을 내는 가공 과정이 청바지를 그토록 지속 불가능한 상품으로 만든다. 우리가 오래 입은 듯한 청바지를 원하는 한, 청바지는 생태학적으로 건전할 수 없다.

블루칼라

청바지의 낡은 느낌을 포기하기란 쉽지 않은데, 바로 그것이 애초에 청바지를 특별하게 만드는 요인이기 때문이다. 데님은 착용자의 이야기를 전달한다. 우리는 청바지의 패치와 주름, 해진 부분, 구김, 얼룩을 통해 그 사람을 더 자세히 알 수 있다. 착용자가 몸을 어떻게 움직이는지, 하루의 대부분에 어떤 자세를 취하고 있는지 파악하는 것도 가능하다. 어떤 종류의 일을 하며 어디에 다녀왔는지도 알 수 있다. 예를 들어 광부는 몸을 자주 구부리기 때문에 보통 청바지 허리춤 높은 곳에 위스커(바지가 반복적으로 구겨지며 색이 바래서 생기는 얇고 자잘한 선 무늬)가 생긴다.[64] 오늘날에는 청바지 제조업체에서 이런 세월의 흔적을 인위적으로 남기지만, 청바지가 처음에 인기를 얻은 것은 블루칼라 노동자들을 위한 튼튼한 의복이었기 때문이다. 당시에는 내구성이 패션보다 더 중요했다. 리바이 스트라우스는 그 사실을 너무나 잘 알았다.

1853년 3월 14일, 24세였던 리바이 스트라우스는 샌프란시스코에 포목점을 열었다. 이 젊은 유대계 독일인 이민자는 골드러시를 통해 떼돈을 벌 수 있음을 깨닫고 미국에 온 것이었다. 그러나 그가 생각한 돈벌이 대상은 금이 아닌 광부들이었다. 당시 샌프란시스코는 태평양 가장자리에 위치한 외딴 벽지였다. 성공의 꿈을 품은 수천 명의 사람들이 샌프란시스코의 항구로 밀려들어 힘들고 고된 일에 뛰어들었다.[65] 새로운 사람들이 줄줄이 도착해 물자가 부족하고 물자 보급로는 더더욱 부족한 상황에서 리바이 스트라우스는 기회를 발견했다. 광부들은 쉽게 해지는 작업복 때문에 플란넬과 진, 코튼 덕(캔버스와 비슷하다)처럼 더 견고한 선택지를 끊임없이 찾아 헤맸다. 리바이 스트라우스는 이미 포목 공급업자와 작업복 도매상으로 성공을 거두었지만, 1872년에 미래의 동업자 제이컵 데이비스가 그를 찾아왔을 때는 의류 생산까지 사업을 확장하기 전이었다.

제이컵 데이비스는 오늘날의 라트비아에서 태어난 유대인 이민자였다. 그는 네바다에서 재단사로 일하며 코튼 덕과 데님으로 상품을 만들었으나 1870년 9월에 원단이 다 떨어졌다. 그의 친척이 샌프란시스코로 휴가를 갔다가 리바이 스트라우스 앤드 컴퍼니에서 코튼 덕을 구입했고, 품질에 만족한 데이비스는 스트라우스를 정규 공급업자로 삼았다.[66] 1871년 1월, 데이비스의 고객 중 한 명이 남편이 입을 코튼 덕 바지를 한 벌 주문하며 최대한 튼튼하게 만들어달라고 부탁했다. 데이비스는 평소 말 덮개를 만들 때 쓰던 리벳을 박아서 힘을 가장 많이 받는 부분을 보강하기로 했다.[67]

이 아이디어는 째지는 성공을 거두었다('찢어지지 않는 성공'이라고 해야 할까). 데이비스는 자신이 무언가 특별한 것을 발명했음을 알았지만 가족이 가진 돈으로는 특허를 낼 비용을 마련할 수 없었다. 데이비스는 이미 발명가가 되겠다며 돈과 시간을 낭비한 전적이 있었고, 그의 아내 애니는 이제 무의미한 허송세월은 그만두라고 애원했다. 그러나 데이비스는 이번엔 다르다는 것을 직감했고, 다른 사람에게 도움을 청해야겠다고 마음먹었다. 1872년 7월, 데이비스는 믿음직한 원단 공급업자인 리바이 스트라우스 씨에게 연락을 취했다. 그는 현재 감당할 수 없을 만큼 바지 주문이 쏟아지고 있으며 "수요가 너무 많아서 주문이 밀리는 중"이라고 설명했다. 그리고 "그 비결은 내가 주머니에 박아 넣은 리벳"이라고 밝히면서 대담한 제안을 하나 했다. 만약 리바이 스트라우스가 68달러를 대서 데이비스의 이름으로 특허를 내준다면 "그 특허에 따라 리벳을 박은 의류 전체"의 판매권 절반을 스트라우스에게 주겠다는 것이었다.[68] 협상은 순식간에 진행되었고 1873년 5월 20일, 데이비스와 스트라우스는 특허번호 139121로 리벳을 박아서 작업복 바지를 만드는 공정에 대한 미국 특허권을 취득했다.

얼마 지나지 않아 리바이 스트라우스 앤드 컴퍼니는 뉴햄프셔에 있는 아모스케이그 밀에서 공급받은 9온스 XX 블루 데님(가장 튼튼하고 무거운 종류)으로 첫 리벳 청바지를 만들었다. 리바이스의 트레이드마크인 쌍 아치 스티치가 들어간 뒷주머니 하나와 워치 포켓*, 신치드 웨이스트, 서스펜더 버튼(벨트 고리는 없었다), 가랑이 부분에 박은 리벳이 바지의 특징이었다.[69] 이 바지는 최초의 청바지였지만, 리바이 스트라우스는 한 번도 이 바지를 청바지라고 부르지 않았다는 점을 짚고 넘어갈 필요가 있다. 리바이 스트라우스 앤드 컴퍼니는 자사의 이 상징적인 바지를 1950년대에 접어들고 한참이 지날 때까지 쭉 "웨이스트 오버올"이라고 불렀다. 이러한 바지 스타일 역시 보통 "덩거리"라고 불렸다. 진 원단은 수 세기 전부터 존재했지만 "청바지"라는 용어가 널리 쓰이기까지는 오랜 시간이 걸렸다. 청바지의 진짜 전성기는 1950년대가 지나고 십대 용어가 주류에 진입한 1960년대에 찾아왔다.[70]

"청바지"라는 단어가 등장했을 무렵, 이 의복

* 앞주머니 상단 안쪽에 달린 작은 주머니로 원래 회중시계를 보관하려는 용도였다.

은 이미 광부를 비롯한 육체노동자뿐만 아니라 일반 대중도 흔히 입는 옷이 되어 있었다. 한 세기 내에 청바지는 광부의 꿈에서 옷장 속 필수품이 되었다. 그건 불가피한 변화도, 예상된 수순도 아니었다. 청바지의 인기는 오로지 현재에서 과거를 돌아볼 때만 자연스러워 보인다. 그렇다면 청바지를 주류로 확고히 밀어넣은 요인은 무엇이었을까? 그 요인을 세 글자로 요약한 것이 바로 대공황이다. 1929년에서 1932년 사이에 미국 산업부문의 실업자는 150만 명에서 1500만 명으로 급증했다.[71] 가족을 먹여 살리기도 힘들었던 노동자들은 청바지를 구매할 여력이 없었다. 1930년대의 먼지 폭풍으로 밭이 메말라버린 농가도 사정은 매한가지였다. 데님 회사들은 사업을 유지하고 싶다

면 새로운 고객을, 그것도 서둘러서 찾아내야 한
다는 사실을 깨달았다. 그들은 먼저 중산층 구매
자들에게 눈길을 돌렸다.

할리우드 서부극의 인기 덕분에 이미 수많은 중
산층 미국인이 서부에 낭만적 환상을 품고 있었
다. 1930년대, 론 레인저와 톤토 같은 영웅적인 캐
릭터가 라디오 청취자들의 귀를 사로잡았고, 밥
"텍스" 앨런 같은 은막의 전설들이 악당을 뒤쫓
았다. 옛 서부 열풍이 절정으로 치달았고, 전국에
관광용 목장이 수백 개씩 생겨나며 거친 자연에서
모험하길 갈망하는 관광객들의 욕구를 채워주었
다. 얼마 지나지 않아 연간 25,000가구 이상이 카
우보이 생활의 단면을 직접 체험하고자 이런 관광
용 목장을 찾아다녔다.[72]

데님 회사들은 기꺼이 유행에 편승했고, 매우
성공적이었던 마케팅 캠페인을 통해 데님 차림
의 관광객을 찬미했다. 도시에 시들해진 중산층
쇼핑객을 새로운 구매층으로 끌어들이길 희망하
며 서부 개척지 테마로 광고를 만들기도 했다. 어
린 소년들은 자신이 로이 로저스처럼 보이길 바랐

고, 전형적인 도시인인 아버지들은 말을 타며 도망자들에게 총을 쏘는 자신의 모습을 꿈꿨다. 데님 회사는 여성에게서도 새로운 시장을 발견했다. 1930년대 초반, 캐서린 헵번과 그레타 가르보, 마를레네 디트리히 같은 유명인들이 통 넓은 덩거리를 입어 화제를 모았고 다른 여성들도 트렌드를 따르고 싶어했다.[73] 1934년에 리바이스는 레이디 리바이스 라인을 출시했고, 이듬해 잡지 〈보그〉는 서부 목장으로 휴가를 떠나는 동부 "여성 관광객"이 갖춰야 할 머스트해브 아이템으로 청바지를 선정했다.[74]

역설적이게도, 데님을 걸친 개척자들이라는 생생한 이미지는 은막 위에서 날조된 것이었다. 1920년대까지도 진짜 카우보이 대다수는 여전히 양모 바

　　　　　　　　　　　　　　청바지

지를 선호했다. 청바지가 아무리 내구성이 좋아도 가축 도둑 사이에서는 쉽게 인기를 끌지 못했는데, 이들에게 데님은 가난한 농민들이나 입는 것이었기 때문이다.[75] 오늘날 청바지를 일상 작업복으로 입는 목장 노동자들은 청바지가 카우보이의 옷이라는 생각을 할리우드가 만들어냈다는 걸 아마 짐작도 하지 못할 것이다. 현실이 어쨌든 간에 1930년대 말 무렵에는 청바지와 미국 서부가 이미 자연스러운 한 쌍처럼 보였고, 대중의 상상 속에서 영원히 하나로 남았다.

한편 노동자들의 결속이 강해지면서 노동자 행동주의가 미국 역사상 그 어느 때보다 널리 확산했다.[76] 역사가 도널드 우스터의 생생한 묘사를 빌리자면, 대공황과 먼지 폭풍이 미국을 휩쓸면서 "인류의 한 세대가 땅에서 뿌리 뽑혀 먼지처럼 굴러다니게 되었"다. 1930년과 1940년 사이에 약 350만 명 정도 되는 대초원 지대의 인구가 일거리를 찾아 서쪽으로 이동했다.[77] 미국인 대다수가 알던 삶이 완전히 뒤집혔고, 격변의 한복판에서 작가와 예술가, 가수들은 "진짜" 미국을 묘사하고 추적하기 시작했다.[78] 그들은 길 위에서 오 버올과 일자 청바지를 입은 노동자들을 발견했다.

1935년, 캘리포니아주와 연방농업안정국은 사진가 도로시아 랭과 경제학자 폴 테일러를 보내 대공황으로 농장 노동자들이 어떤 경제적 곤란을 겪고 있는지 조사하도록 했다. 랭의 황량하고 먼지 가득한 사진들은 청바지를 걸치고 서쪽으로 이동하는 가뭄 난민들을 담아냈다. 데님과 카우보이모자 차림으로 척박한 길을 따라 자기 소유물을 실어나르는 근면한 남녀의 이미지는 널리 알려진 서부 신화를 상기시켰다. 가뭄과 먼지에 아무런 피해도 입지 않은 중산층 미국인의 눈에 이들은 희망과 고난의 삶을 살아가는 현대판 개척자처럼 보였다. 농장 노동자를 담은 거의 모든 사진과 글에 빠짐없이 등장한 청바지는 고유한 미국 이야기의 정수가 되었다.

불과 10년 만에 청바지는 노동자계급과 서부 시대의 로망, 대중운동, 평등주의, 미국의 과거 그리고 고통스럽지만 희망찬 현재의 상징이 되었다.[79] 청바지를 향한 열병은 시간이 갈수록 점점 커졌다. 진 오트리 같은 노래하는 카우보이들은 산업화 이전의 대초원을 그리워하는 미국인의 향수를 자극했고, 실제 목장과 카우보이의 수가 줄어들수록 서부 스타일의 인기는 커져만 갔다.[80]

청바지의 역사에서 이해하기 힘든 측면 중 하나는 이 실용적인 의복이 어떻게 하이패션의 총애를 받게 되었는가 하는 면이다. 럭셔리 청바지는 천문학적인 가격에 팔려나가지만, 바지 자체만 보면 500달러짜리 청바지와 50달러짜리 청바지는 그리 다를 게 없다. 청바지에 보석이 달린 게 아니라면 그 돈은 전적으로 마케팅과 광고, 판매자의 간접비, 그리고 드문(그러나 칭찬할 만한) 경우 공장 노동자의 봉급으로 들어간다.[81] 사람들이 수백 달러, 심지어 수천 달러를 들여 낡고 해진 청바지를 산다는 사실 역시 똑같이 이해하기 어렵다. 대부분은 닳고 닳은 스니커즈나 올이 풀린 스웨터를 돈 주고 구매하려 하지 않을 것이다.

그러나 청바지가 애초에 어떻게 인기를 얻었는지 이해하면 이 미스터리의 신비는 어느 정도 풀린다. 오늘날 많은 사람이 1930년대에 만들어진 이미지를 추구한다. 문화적으로 볼 때 청바지는 다른 시대, 다른 현실을 향한 일종의 갈망이 사물로 구체화된 것이다. 미국인은 청바지 안에서 과거, 즉 이상화된 서부의 정경과 산업화 이전의 노동, 모험으로 이어지는 연결고리를 발견한다. 대다수는 이런 목가적 풍경이 허구임을 안다. 카우보이의 일은 햇살이 어룽대는 관광용 목장에서의 꿈같은 경험과 전혀 다르다. 광부의 삶이 은보다 더 어두컴컴하고 위험한 것처럼 말이다. 그러나 미국인은 종종 엄연한 과거의 현실을 지우려고 한다. 제일 처음 청바지를 입은 사람들은 굶주림과 위험, 절망에 시달렸지만 오늘날 청바지는 더이상 그러한 의미를 내포하지 않는다. 청바지는 살균 처리되어 미국인의 투지와 회복력 강한 개인주의를 나타내는 상징이 되었다.

럭셔리 데님은 이렇게 깨끗하게 미화된 미국의 과거 이미지를 활용한다. 지구 반 바퀴 너머에 있는 공장노동자가 청바지에 과망가니즈산칼륨을 뿌리면 그 바지가 멕시코나 미네소타, 말레이시아의 매장에 도착했을 때 쇼핑객은 지갑을 여는 것 말고는 그 무엇도 할 필요가 없다. 몇 년을 들여 청바지의 적당한 위치를 닳고 찢어지게 할 필요가 없는 것이다. 낡은 느낌의 디스트레스 청바지 한 벌을 구매하는 것은 하나의 뒷이야기를, 아니면 적어도 뒷이야기의 미감을 구매하는 것과 같다. 디스트레스 청바지에는 온갖 분투의 흔적이 담겨 있지만 소비자는 손가락 하나 까딱할 필요가 없다. 이보다 더 사치스러운 일이 또 어디 있을까?

오늘날 사람들이 낡아 보이도록 가공한 데님을 사랑하는 이유는 이전 세대의 사람들이 노래하는 카우보이를 사랑한 이유와 같다. 그 아름다운 허구 속에서 우리는 진짜 과거에 수반된 고통은 겪지 않고 과거의 편안한 일부만 체험할 수 있다. 서부극과 마찬가지로 청바지도 세피아색 사진 속 과거에 대한 일종의 향수를 자아낸다. 서부극과 청바지는 일상에서 유쾌하게 즐길 수 있다. 그 표면 아래를 너무 깊이 파헤치지만 않는다면.

2. 컷

모든 청바지는 모든 사람만큼 유사하다. 즉, 자세히 보면 생각보다 거의 비슷한 구석이 없다는 뜻이다. 우리 인간은 똑같은 생물학적 원단에서 잘려 나왔지만 자세히 들여다보면 서로 이렇게 다를 수가 없다. 남성, 여성, 흑인, 백인, 아시아인, 히스패닉, 보수, 좌파, 진보…… 이중 일부이거나, 그 무엇도 아니거나. 청바지도 이렇게 교묘한 장난을 친다. 언뜻 보면 모든 청바지는 재봉으로 바지의 형태를 갖춘 단일한 면직물처럼 보인다. 그러나 더 자세히 살펴보면 핏과 질감부터 색상과 스티치에 이르기까지 수천 가지 차이가 드러나기 시작한다. 청바지 한 벌 한 벌은 그 옷을 입은 사람들만큼이나 고유하다.

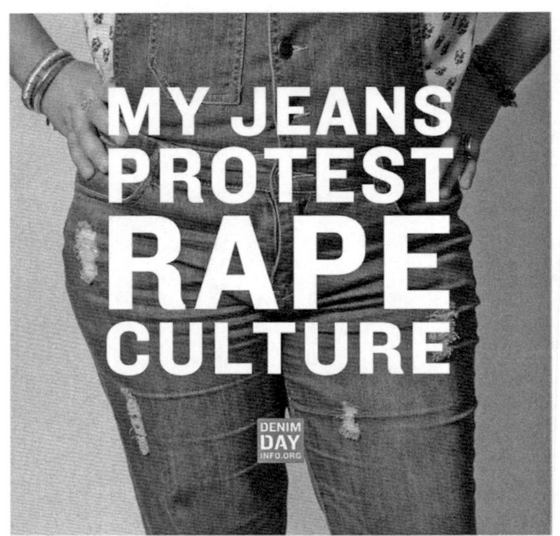

데님 데이의 광고

20세기에 청바지는 서로 상충하는 다양한 의미를 품은 정치적 의복이 되었다. 위 이미지는 성폭력 근절 캠페인인 데님 데이의 광고다. 데님 데이는 시민단체 '폭력을 넘어서는 평화'의 프로젝트다.

청바지가 이토록 꾸준하고 명백하게 정체성의 상징으로 이용되고 있는 것은 아마 그래서일 것이다. 청바지는 보는 사람에게 착용자가 어떤 인물인지 즉각 말해준다. 나는 자유분방한 저항자인가 아니면 엄격한 순응주의자인가? 무릎이 찢어진 청바지를 입은 어머니인가, 아니면 일자 데님을 입은 십대 논바이너리인가? 20세기 동안 청바지는 정체성과 섹슈얼리티, 매력을 드러내는 도구 역할을 해왔다. 그것도 거의 눈에 띄지 않을 만큼 자연스럽게 모습을 바꾸면서.

이러한 유연성 덕분에 청바지는 "슈퍼패션"이라는 고유한 명칭을 얻었다. 청바지는 변화하는 패션의 흐름을 따라가면서도 변치 않는 자기만의 리듬에 따라 움직인다.[1] 누구보다 패셔너블한 사람이라 해도 청바지는 꼭 최신 유행을 따라 고르지 않을 수도 있다. 그보다는 자신에게 가장 편한 스타일, 또는 자기 성격을 잘 표현한다고 느껴지는 스타일을 선택할 것이다. 예를 들어, 2021년 초에 몇몇 젠지Gen Z 틱토커들이 스키니진을 좋아하는 밀레니얼의 취향을 비웃은 적이 있다.[2] 그러나 겨우 한 달 뒤에 실시된 코튼 인코퍼레이티드의 설문 조사 결과 젠지의 40퍼센트가 스키니진 쪽으로 기울었고, 그보다 적은 38퍼센트가 쿨한 일자 청바지를 선택했다.[3]

청바지의 경우 쇼핑객이 늘 시대에 뒤처지지 않으려고 지갑을 여는 것은 아니다. 슈퍼패션으로서의 고유한 슈퍼파워 덕분에 청바지는 개인의 취향을 드러내는 훌륭한 지표가 된다. 우리가 선택하는 청바지 스타일은 우리가 어떤 사람이며 무엇을 믿고 높이 평가하고 소중하게 여기는지를 강력하면서도 미묘하게 드러낼 수 있다.

처음에 청바지는 육체노동으로 생계를 유지하는 사람들이 입는 튼튼한 의복이었다. 데님 한 벌 한 벌에 피땀의 유산이 짙게 배어 있었다. 리바이 스트라우스는 자신이 만든 웨이스트 오버올이 패션 아이템으로 대인기를 끌 것이라고는 추호도 생각하지 못했다. 그러나 1940년대에 바로 그 일이 일어나기 시작했다.

관광용 목장과 할리우드 블록버스터 바깥에서 청바지는 원래 아웃사이더들이 입는 옷으로 여겨졌다. 영화 속에서는 매력을 뽐냈지만, 일상생활에서는 개척지에 사는 깡패나 감옥에 들락거리는 범죄자, 대공황 시대에 집을 잃고 떠도는 부랑자들의 옷이었다.[4] 역설적이게도 청바지는 아웃사이더의 옷이라는 지위 덕분에 미국 문화에서 각광받았다. 갑갑한 사회규범에서 벗어나고 싶었던 청년들은 몸에 데님을 걸치고 당당히 선언했다. 나는 이 체제에 저항해. 그리고 네 의견은 쥐뿔도 관심없어. 사회주의 운동의 지지자들은 청바지를 노동자계급과의 연대를 드러내는 표지로 활용했고, 스타일 좋은 대학생과 지식인, 예술가 들도 자기 옷장 안에 청바지를 마련했다. 청바지가 맨 처음 대중의 관심을 끈 것은 심미성이나 기능성, 스타일과는 아무 관련이 없었다. 청바지가 문화적 의미를 얻은 이유는 바로 유행에 저항하는 의복이었기 때문이다. 미국 전역의 청년들은 데님의 무심한 쿨함에 끌렸고, 그 꼬락서니에 충격받은 부모가 격분할수록 청바지는 더더욱 매력적인 옷이 되었다.

1948년, 리바이스는 처음으로 수익 100만 달러를 넘어섰고 이제 바지의 실용성을 광고하기보다는 청년층 시장의 창의적 활력을 공략하자는 결정을 내렸다.[5] 리바이스의 새 마케팅 캠페인에서 청바지는 땀흘리는 농부나 9시에 출근해 5시에 퇴근하는 정비공의 작업복이 아닌 느긋한 사람들의 여가복으로 그려졌다. 훗날 리바이스의 사장이자 CEO가 된 월터 하스 주니어는 이러한 변화가 "불가피"하다고 주장했으나 그 당시 회사의 주요 고객층을 바꾸는 것은 위험이 따르는 일이었다.[6]

위험은 큰 성과로 이어졌다. 딱 붙는 청바지를 입고 도발적인 눈빛을 던지는 차가운 인상의 배우들이 은막을 장식하면서 청바지의 수요는 1950년대에도 계속해서 증가했다. 로버트 미첨과 엘비스 프레슬리, 말런 브랜도, 제임스 딘이 청바지에 매혹적인 나쁜 남자 이미지를 불어넣었다. 영화 〈욕망이라는 이름의 전차〉(1951)에서 말런 브랜도는 꽉 끼는 티셔츠와 그에 못지않게 딱 붙는 청바지를 입고 관능적인 매력을 뽐냈다. 짐승처럼 부도덕한 인물을 연기했음에도 브랜도는 결국 미국 청춘들의 관심을 끌어모으는 데 성공했다. 그리고 얼마 지나지 않아 난폭한 오토바이 갱이 등장하는 영화 〈위험한 질주〉(1953)에 출연하며 리바이스 501의 상징적인 이미지를 더욱 공고히 했다. 블랙

레블 오토바이 클럽의 반항적인 리더로 등장한 브랜도는 젊은 관객에게 일상에서 좀처럼 느낄 수 없는 떠들썩한 즐거움과 무절제, 분노를 간접경험할 기회를 제공했다.

브랜도가 출연한 영화들은 나중에 틴스플로이테이션*이라는 이름을 얻은 장르에 속했다. 문제를 일으키고 섹스에 지나치게 몰두하며 불만 많은 청춘들이 스크린에 꾸준히 등장하면서 한때는 충격적이었던 등장인물이 이제 흔한 플롯 장치가 되었다. 〈이유 없는 반항〉(1955)은 제임스 딘의 반항을 전면에 내세우고, 〈웨스트 사이드 스토리〉(1961)는 십대 갱스터가 잔뜩 등장하며, 〈야성의 청춘〉(1957)은 법을 어기고 농장 노동형에 처하는 두 자매가 주인공이고, 〈드래그스트립 폭동〉

청바지

(1958)은 말쑥한 젊은이들에게 시비를 거는 공격적인 오토바이 갱을 집중 조명한다. 이 모든 영화에서 청바지가 주역을 맡았다. 매릴린 먼로와 도리스 데이 같은 여성 배우들조차 밑단을 접어 올린 청바지를 입고 데님을 걸친 문제아들과 소란을 일으켰다.

십대 사이에서 데님이 점점 인기를 끌기 시작하자 미국의 여러 고등학교에서 청바지 착용을 금지했다. 학교 관리자들은 청바지를 저급하고 폭력적인 행동과 결부시켰다. 그러나 청바지 브랜드들은 이미 청년층 시장에 큰돈을 건 상태였고, 자녀의 옷값을 대는 부모들과 갈등하고 싶지 않았다. 그래서 리바이스는 용모 단정한 소년들이 잘 다린 청바지 차림으로 책을 들고 있는 이미지를 사용해 "데님: 학교와 어울리는 옷"이라는 이름으로 성대한 캠페인을 벌였다.[7] 1957년 8월 29일에 쓰

* 십대를 뜻하는 teens와 착취를 뜻하는 exploitation를 합쳐서 맏든 단어. 마약과 섹스, 알코올, 범죄 같은 자극적인 소재로 십대를 겨냥해 매출을 올리는 질 낮은 영화를 뜻한다.

인 한 항의 편지에서 드러나듯, 이 광고가 항상 의도한 효과를 발휘한 것은 아니었다. 한 여성이 분노와 함께 다음과 같은 주장을 담아서 리바이스에 편지를 보낸 것이다. "청바지가 샌프란시스코나 다른 서부, 아니면 몇몇 시골에서는 '학교와 어울릴지도' 모르겠지만 동부, 그중에서도 특히 뉴욕에서는 청바지가 '절대 학교와 어울리지 않는다'고 장담할 수 있습니다…… 우리 아이들이 다니는 학교를 모독하고 소년범죄를 부추기는 짓은 하지 맙시다."[8]

그러나 이렇게 언짢아하는 부모들을 제외하면, 데님 회사들은 아무 걱정할 필요가 없다는 사실이 이내 분명해졌다. 성인들만 자금력이 있는 것은 아니었다. 청바지 회사들은 가처분소득이 있고 저항 정신이 충만한 십대와 이십대에게서 돈을 쓸어모았다. 청바지는 1960년대에 청춘의 반란을 나타내는 상징으로 자리잡았고 수요가 계속해서 증가했다. 리바이스의 또다른 CEO이자 의장이었던 피터 하스는 1960년대를 이렇게 회상했다. "우리는 계속해서 계획을 세웠고 계속해서 그 계획을 능가했다. 당시 우리가 경험한 종류의 성장은 계획이 불가능한 것이었다."[9]

제2차세계대전 이후에 성장한 십대들에게 청바지는 반항과 세대차이, 경제적 격차를 나타냈을 뿐만 아니라 불확실한 미래 앞에서의 용기를 의미하기도 했다. 모든 오토바이 갱과 거리의 폭력배들, 고독한 영웅들이 그저 자기 부모에게만 저항한 것은 아니었다. 그들은 세상이 자기 앞에 던져놓은 불확실성과 불안정성에 맞서 싸우고 있었다. 청바지를 입는다는 것은 곧 현상태를 거부한다는 뜻이었다. 데님을 걸친 청년들은 변화를 끌어안았고 폭력의 실상을 이해했으며 인간성의 어두운 측면을 회피하려 들지 않았다. 누군가는 청년 문화가 그저 은막과 로큰롤, 패션의 환상 속

으로 도피하는 것일 뿐이었다고 주장할지도 모르
지만, 반대로 그들이 문화를 통해 혼란스러운 현
실을 정면 돌파하려 했다고 이해할 수도 있다. 권
위에 도전하는 것은 많은 청년에게 곧 새로운 시
대 질서였다.

권위에 대한 저항은 금세 억압에 대한 저항으로
이어졌다. 1960년대 초반에는 사람들이 청바지
를 입는 이유가 전형적인 십대의 고뇌를 훨씬 뛰
어넘은 상태였다. 젊은 흑인 여성 인권 운동가들
은 기존의 "점잖은" 옷을 내던지고 청바지와 데
님 스커트, 오버올을 걸쳤다. 이 젊은 여성들은 대
대로 부당한 시스템 속에서 노동해온 흑인 소작인
의 옷과 문화유산을 계승하고자 했다.[10]

여성운동가들이 당당하게 청바지를 입은 모습

 청바지

은 인권 운동의 맥락 위에서도 급진적인 것이었다. 많은 아프리카계 미국인 지도자가 품위를 의도적인 정치도구로 사용했고, 시위자들은 이루 말할 수 없는 잔혹함 앞에서도 자신이 믿는 기독교 윤리를 고수하려 애썼다. 인권 운동가들은 도덕적 우위를 점하고 자신들이 압제자들보다 더 "교양" 있음을 드러내기 위해 사나운 개와 물 대포, 무자비한 구타에 품위 있게 맞섰다. 특히 흑인 여성은 올바르게 처신하고 옷을 제대로 갖춰 입어야 한다는 부담을 떠안았다. 1950년대에는 숙녀 학교의 수가 전례없이 증가해 흑인 여성들에게 외모를 가꾸고 점잖게 행동하는 법을 가르쳤다.[11]

그러나 시간이 지나면서 많은 젊은 여성이 이런 전통적인 역할을 거부하기 시작했다. 그들이 보기에는 이런 역할 역시 또다른 억압이었다. 이 여성들은 자기 겉모습을 정치도구로 삼기로 했다. 더 이상 곱슬머리를 곧게 펴지 않았고 자연스러운 스타일을 선택했다. 화장은 거의 또는 아예 하지 않았다. 또한 이들은 노동자계급 남성들의 작업복, 즉 청바지를 입었다. 데님을 걸침으로써 이 젊은 여성들은 인종차별에 대항했을 뿐만 아니라 흑인 중산층의 젠더 규범을 맹목적으로 떠받치는 흑인 공동체의 원로들에게도 거부 의사를 표했다.[12]

이런 옷차림의 여성들이 거리시위와 공동체 행사에 떼로 나타나고 백인 전용 식당에 앉아 무저항 시위를 벌였을 때 사람들이 얼마나 충격받았을지 상상해보자. 청바지는 이들에게 강요된 인종·경제·젠더 역할을 거부한다는 의미였다. 이들은 그 대신 평등권과 개인적·정치적 자율성을 요구하고 표현의 자유를 추구했던 1960년대의 더 광범위한 청년 저항에 합류하기로 결정했다.[13] 청바지는 개인 해방의 대표적 상징이 되었다.

비슷한 시기에 지구 반대편에 있는 소비에트 청년들 사이에서도 청바지는 강력한 상징적 역할을 맡고 있었다. 1957년, 모스크바에서 세계청년학생축전이 열렸고, 이 행사를 기점으로 소련에 "청바지 열풍"이 불기 시작했다. 당시 소련의 바지들은 보이지 않는 주머니가 달려 있었기 때문에 커다란 주머니가 겉으로 드러나는 청바지는 금세 사람들 눈에 띄었다. 청바지를 입는다는 것은 미국의 문화와 정치적 가치를 선호한다는 사실을 뚜렷하게 보여주는 지표가 되었다.[14] 저널리스트 알렉세이 루데비치와 루스카야 세묘르카는 "청바지는 단순한 의복이 아니라 소련에서 사라진 모든 것, 그중에서도 특히 자유를 나타내는 상징으로 여겨졌다"라고 말한다.[15]

소련의 강경파들에게 청바지는 방종과 물질적 욕망, 마구 날뛰는 자본주의의 상징이었다. 무역제재 때문에 소련의 청년들이 진짜 청바지를 손에 넣기란 사실상 불가능했고, 어찌저찌 손에 넣는다 해도 대학에서 쫓겨나거나 해고될 위험에 처했다. 감히 암시장에 청바지를 판매한 이들에게는 더 심한 처벌이 내려졌다. 오늘날 로코토프 앤드 파인베르그라는 미국 데님 브랜드 이름은 "청바

지 밀거래” 혐의 등으로 사형에 처했던 소련의 두 남성을 추모하며 지은 것이다.[16]

그러나 청바지 무역 제재는 데님을 더 매력적으로 만들 뿐이었고 암시장 거래는 계속해서 빠르게 이어졌다. 결국 소련 경공업부는 직접 청바지를 만들어보려고 했으나 이미 원조 청바지를 잘 알았던 시민들은 그 형편없는 질과 태에 코웃음을 쳤다. 마찬가지로 독일민주공화국의 청년들도 볼품없이 만들어진 동독의 청바지 모조품에 불만을 표했다.[17] 철의 장막 너머에 있는 청년들은 진짜배기를 원했다. 제대로 물이 빠지고 다리 폭이 여유로운 청바지, 커다란 주머니를 뽐내며 “나는 저항자”라는 것을 온 세상에 선언하는 청바지를 원했다. 청바지가 어찌나 강력한 자유의 상징이었는지, 1984년에 프랑스 철학자 레지스 드브레는 다음과 같은 통찰력 있는 발언을 했다. "록음악과 비디오, 청바지, 패스트푸드, 정보망, 위성 TV가 독일 적군을 다 합친 것보다 강하다."[18]

1989년 11월 9일에 베를린장벽이 무너진 이후 서구의 청바지를 구하려는 치열한 노력은 서서히 사라졌다. 미국 브랜드들이 청바지에 굶주린 미개척 시장을 순식간에 파고들었고, 구소련 국가의 청년들은 가진 돈을 긁어모아 그토록 오랫동안 간절히 바라온 바지를 구매했다. 청바지는 전보다 흔해졌지만 구소련의 여러 지역에서 그 상징적 힘을 여전히 간직하고 있었다. 벨라루스에서 대중 봉기가 일어난 2005년, 청바지는 다시 한번 혁명을 이끌었다. 벨라루스 대통령 알렉산드르 루카셴코는 1994년부터 계속 재임중이었으며 국민을 억압하는 정책을 추진해 유럽의 마지막 독재자로 알려졌다. 대통령선거를 몇 달 앞둔 2005년 9월, 벨라루스의 민주당 지지자들이 거리로 쏟아져나왔다. 민주당 임원이 종적을 감췄고, 많은 이가 루카셴코를 의심했다. 시위대를 진압하던 경찰은 열기가 가라앉길 바라며 빨간색과 하얀색으로 구성된 당 깃발을 몰수했다. 그러나 시위중이었던 니키타 사심이 입고 있던 데님 셔츠를 벗어 위풍당당하게 흔들며 이제 데님이 시위대의 새 깃발이 될 것이라고 선언했다.[19]

사심이 그날 데님을 입고 있었던 것은 우연이었을지 몰라도, 파란색 깃발은 명백히 민주당 지지자들의 마음을 울렸다. 9월 충돌에 뒤이은 일련의 갈등 상황은 청바지 혁명, 또는 데님 혁명이라는 이름으로 알려졌다.[20] 국제관계 고문 설레스트 월랜더는 〈ABC 뉴스〉에 "청바지는 서구를 연상시킨다. 데님은 (벨라루스 국민이) 고립되지 않았다고 밝히는 단호한 선언이다"라고 설명했다.[21]

선거 준비 기간에 청년운동 단체 주브르의 회

 청바지

원들은 민주주의 성취를 위한 침묵 캠페인의 일환으로서 매달 16일에 청바지를 입었다.[22] 2006년 3월, 루카셴코가 벨라루스 대통령선거에서 승리를 거뒀다. 많은 국민이 결과의 정당성을 의심하며 선거가 조작되었다고 주장했고 수천 명의 사람들이 민스크에 모여 이의를 제기했다. 사람들은 추운 영하의 날씨에도 밤을 새우고 전투경찰의 위협에 용감히 맞서며 5일간 시위를 이어갔다. 그들의 머리 위로 새로운 상징이 된 파란색 깃발이 붉은색과 흰색으로 이루어진 기존의 깃발과 나란히 흔들렸다.

청바지 혁명은 결국 선거를 뒤집는 데 성공하지는 못했지만 이후로도 유권자 수천 명이 계속해서 결집하는 중요한 계기가 되었다. 2020년, 루카셴코가 다시 한번 벨라루스 대통령으로 당선되며 선거 결과를 조작했다는 비난 세례가 쏟아졌고, 벨라루스 국민 수천 명이 거리로 쏟아져나와 소련 붕괴 이후 가장 큰 반정부 시위를 벌였다.

청바지는 전 세계 다른 국가에서도 여전히 논쟁이 분분한 사회적·정치적 상징이 되고 있다.

2021년 3월, 인도 우타라칸드주 수상인 티라트 싱 라왓이 찢어진 청바지를 입는 여성들의 품성을 의심하는 발언을 했다. 수상은 어머니이자 NGO 책임자인 한 여성이 "찢어진 청바지를 입고 맨무릎을 드러낸" 모습을 보고 난 뒤 인도 여성들이 "노출에 경도되고 있다"고 비난했다. 그는 계속해서 "이런 여성들이 사람들을 만나고 그들의 문제를 해결하겠다고 사회에 나선다면, 우리가 이 사회와 아이들에게 어떤 메시지를 전달하게 되겠습니까?"라고 말했다.[23]

델리 의회의 여성 의원들이 찢어진 청바지 차림으로 아이들을 안은 채 라왓에게 옷으로 여성을 판단하지 말라고 경고하는 팻말을 들고 거리로 나오면서 청바지는 거의 즉시 시위의 중심이 되었다. 트위터에서는 인플루언서와 배우, 정치인을 비롯한 수많은 여성이 #rippedjeans 해시태그를 이용해 수상의 발언에 반대 의사를 표명했다. 그 여파로 의회는 즉시 라왓에게 사과나 사임 중 하나를 선택하라고 요구했지만 그는 완강히 거부하며 답했다. "난 평범한 청바지는 상관하지 않습니다. 그러나 지금도 찢어진 청바지에는 반대합니다."[24] 라왓은 기자들 앞에서 자신이 진짜로 반대하는 것은 자연스럽게 찢어진 청바지가 아니라 최신 유행을 따라가려고 값비싼 새 청바지에 일부러 구멍을 내면서 자녀에게 나쁜 선례를 보이는 여성들이라고 말했다. (그는 찢어진 새 청바지를 구매하는 행위는 따로 언급하지 않았지만 그가 "부잣집 애들처럼 보이는" 여자와 청년에게 분노한다는 사실을 고려하면 아마 그러한 행위 역시 반대했을 가능성이 높다.[25]) 라왓은 이와 달리 패치를 덧대는 청바지가 유행한다면 아이들에게 좋은 가치를 가르치고 기강을 세울 수 있을 것이라고 주장했다.[26] 그가 속한 정당의 여러 당원은 남성과 여성 모두 "제대로 된 옷"을 입어야 한다고 말하며 그

를 지지하고 나섰다.[27]

라왓의 주장은 청바지가 아무리 흔해졌어도 여전히 혁명을 일으킬 잠재력을 지니고 있음을 보여준다. 라왓은 의복의 물리적 온전함이 착용자의 온전함을 반영한다고 생각한다. 그의 주장에 반대하는 이들은 찢어진 청바지가 느긋한 저항 의식과 도전적인 편안함을 드러내며 전통적 요구에서의 해방을 상징한다고 생각한다. 이들에게는 바지가 찢어졌다는 사실이 중요하다. 그리고 찢어진 청바지를 입은 어머니들은 자신들의 자유가 나쁜 선례가 아닌 좋은 선례가 되리라고 생각한다.

스타일 논쟁

당신이 어떤 분야에 빠지든 간에 그 분야와 관련된 하위문화가 있을 확률이 높다. 관심 있는 주제가 철학책 읽기나 차 마시기, 혹은 1940년대 아이비리그 진학생처럼 입기라면? 다크 아카데미아*가 잘 맞을지도 모른다. 자기 돌봄과 크리스털, 검은 옷에 더 관심이 간다면? 위치톡†을 알아보시라. 빵을 굽거나 작은 장신구를 모으는 일, 장식용 깔개로 집안을 꾸미는 일에 마음이 끌릴 수도 있다. 그렇다면 그랜마코어‡ 커뮤니티가 당신을 기다리고 있다.

소셜 미디어의 등장으로 생각이 비슷한 사람들이 더 쉽게 모이게 되었을 뿐만 아니라 한 스타일

---

* 지적활동과 글쓰기, 시, 예술, 고대 그리스 및 고딕건축 양식을 중심으로 발전한 하위문화.

† 주술과 마법, 타로, 점성술 등의 오컬트를 논하는 하위문화.

‡ 할머니 하면 떠오르는 생활양식을 추구하는 하위문화.

이 유행했다가 사라지는 속도 또한 훨씬 빨라졌
다. 2021년 한 해 동안만 해도 다크 아카데미아와
위치톡, 그랜마코어, 코티지코어*, 고블린코어†
등 새로운 하위문화가 여럿 등장했다.[28] 소셜 미
디어 플랫폼 틱톡은 자칭 문화의 온상으로, 틈새
콘텐츠가 많다는 것이 셀링 포인트다. 틱톡 사업
자용 사이트에서는 고객에게 "이제는 하위문화
가 새로운 인구통계 자료"라고 조언한다.[29]

오늘날, 세계는 하위문화가 넘쳐흐르고 있지만
하위문화라는 단어 자체는 1940년대가 되어서야
호응을 얻기 시작했다.[30] 하위문화는 기본적으
로 이름에서 드러나듯이 어떤 문화에 속한 문화를
의미한다. 그러나 모든 하위문화는 몇 가지 고유
한 특징을 공유한다. 먼저 모든 하위문화에는 결

　　　　　　　　　　　　　　　　청바지

집력이 있는데, 이는 참여자가 기본 규칙을 열심히 준수하면서 형성된다. 펑크족은 다른 펑크족처럼 외모를 꾸미고, 행동하고, 심지어 사고한다. 둘째, 하위문화는 완전히 동떨어져 존재하지 않는다. "우리는 저 문화와 맞지 않아 더 작은 공동체를 꾸렸다"라고 선언함으로써 일반 문화와의 관계 속에서 스스로를 규정한다. 그 결과 대다수 하위문화에는 일종의 대립적 요소가 있다. 반동적이며, 지배적인 사회규범 및 기대와 갈등한다.

많은 하위문화의 중심에 독특한 패션 스타일이 있지만 그것을 단순한 겉모습으로 치부할 수만은 없다. 특정 하위문화에 참여하는 사람은 자신의 중요한 본질을 투자한다. 하위문화는 자기 정체성의 일부가 되고, 깊은 곳에 있는 자아와 밀접하게 연결된다. 나도 청소년기를 펑크족으로 보냈기 때문에 잘 안다. 우리 엄마에게는 유감스러운

<hr>

* 시골의 소박하고 낭만적인 미감과 생활양식을 추구하는 하위문화.

† 동화 속 요괴에서 영감을 얻어 흙과 이끼, 버섯, 곤충처럼 그동안 그리 아름답다고 여겨지지 않았던 자연의 가치를 추구하는 하위문화.

일이었지만 그 당시 나는 스트랩이나 체인이 달린 체크무늬 바지를 입었고 졸업식 무도회 때는 멋진 드레스 위에 스파이크가 달린 초커를 착용했다. 그러나 이러한 나의 선택은 단순히 옷에 관한 문제가 아니었다. 그 선택은 나라는 사람에 대한 진술로서, 내가 시골에 있는 이스트텍사스고등학교의 규범과 어울리지 않는다는 사실, 예술과 어두운 정서를 좋아하며 학교 사람들이 그걸 알아채든 말든 개의치 않는다는 사실을 드러냈다. 이러한 자기표현을 통해 나는 주변의 많은 사람과 구분되는 동시에 나와 똑같이 느끼는 사람들과 연결되었다. 하위문화는 마음 맞는 동지들이 서로를 찾을 수 있도록 도와주는 어둠 속의 등불이다.

청바지는 기본 아이템처럼 보일지 모르지만 여

러 하위문화의 패션 스타일에서 상징적인 역할을 도맡았다. 1970년대, 히피들은 부모 세대가 따랐던 갑갑하고 꽉 끼는 사회 관습에서 벗어난 것과 마찬가지로 갑갑하고 꽉 끼는 청바지에서도 벗어났다. 나팔바지는 정치적 선언이자 사회적 선언이었고, 착용자들은 정교한 자수와 아플리케, 물감으로 바지를 장식해 자신의 개성을 드러내는 경우가 많았다. 나팔바지에는 어딘가 중성적인 면도 있었는데, 발목까지 내려오는 긴치마와 통바지 사이의 당혹스러운 중간계에 자리했기 때문이다. 나팔바지는 히피 특유의 긴 머리카락과 더불어 그 사람이 보수에 반대하고 자유를 사랑하며 젠더를 교란하고자 한다는 사실을 보여주었다.[31]

1980년대, 하드코어 펑크족은 군화를 신고 찢어진 청바지와 가죽 재킷을 입었으며 모히칸 머리를 했다. 그들이 입은 옷은 패치와 물감, 징, 각종 상징을 마구잡이로 모아놓은 것이어서 대개 망쳐버린 공예품처럼 보였다. 주로 아나키즘의 상징인 서클 A가 새겨진 펑크스타일의 옷들은 그에 걸맞게 무질서한 인상을 드러냈다. 남자들은 딱 붙는 찢어진 청바지를 입고 엉덩이 커버(허리끈을 이용해 엉덩이 위로 늘어뜨린 네모난 천)를 덮었다. 이런 청바지는 일종의 조롱이자 "난 쥐뿔도 신경 안 써"라는 태도를 대놓고 드러내는 것이었다. 펑크족 여성들은 가끔 킬트를 입기도 했지만 청바지는 여전히 여성 펑크스타일의 중요한 요소였다.『프리티 인 펑크: 남성 중심 하위문화에서 펼친 여성들의 젠더 저항』의 저자 로레인 르블랑은 부모님이 여유가 없어 "명문 사립고 학생 스타일"의 유명 디자이너 청바지를 사주지 못했을 때 자신이 얼마나 부끄러웠는지 기억한다. 르블랑은 부끄러움에 굴하는 대신 스타일을 180도 바꿔 머리를 밀고 낡고 찢어진 청바지를 되는대로 입었다. 르블랑에 따르면 그는 펑크스타일을 통해 자신에게 쏟아지는 어떤 비난에도 맞서 싸울 힘을 얻었다. 그는 자신을 괴롭히던 사람들에게 이렇게 말했다. "네 말이 맞아. 하지만 적어도 나는 일부러 추하게 꾸민 거야."[32]

1990년대, 청바지 허리춤을 허리 아래로 늘어뜨려 입는 새깅 스타일이 젊은 흑인 남성과 힙합 팬, 흑인 어반 패션을 따라하는 젊은 백인 남성을 의미하는 이른바 "위거" 사이에서 널리 유행하면서 논란이 되었다.[33] 전해지는 이야기에 따르면 새깅 스타일은 주로 헐렁한 죄수복을 제공했던 교도소에서 시작되었다. 교도소는 자살을 방지하고자 벨트 착용을 금지했고, 수감자들은 지나치게 큰 바지를 패션 스타일로 탈바꿈시켰다. 이내 이 패션은 부당하고 억압적인 체제로부터의 자유와 흑인의 정체성을 나타내는 상징이 되어 감옥 바깥에서도 유행하기 시작했다. 새깅 진은 처음에 커다란 청바지를 뒤로 돌려 입는 것을 의미했는데, 이 스타일은 힙합 듀오 크리스 크로스를 통해 주류 음악계에서 인기를 끌었다. 초기의 새깅 진은 땅에 질질 끌렸고 그만큼 바짓가랑이도 한참 아래로 내려가서 으스대듯 팔자걸음을 걸을 수밖에 없었다. 시간이 흐르면서 바지통은 좁아졌지만 허리춤은 전보다 더 아래로(보통 엉덩이 밑으로) 내려갔는데, 안에 입은 유명 브랜드 팬티를 드러내기 위해서였다.[34]

하위문화 스타일로 시작된 새깅은 순식간에 광범위한 논란이 되었다. 미디어는 불량한 청년 문화와 도덕성의 상실을 개탄하는 기사를 쏟아냈다. 대중교통은 새깅 진을 입은 승객의 탑승을 금지했고, 학교는 감히 바지를 내려 입는 학생에게 정학 처분을 내렸으며, 수많은 주에서 새깅 스타일을 처벌하는 공공예절법을 제정했다.[35] 비판자들은 새깅을 문명의 몰락으로 취급했다.

새깅이 이처럼 뜨거운 감자가 된 것은 흑인 청

　　　　　　　　　　　　　청바지

년들의 문화였기 때문이다. 과거에 사법 집행관이 었던 레너드 자하드는 현재 위기 청년 구제 프로그램인 코네티컷 폭력 개입 프로그램의 총괄 감독으로 일하고 있다. 그는 2014년에 다른 청년들은 배기팬츠 같은 유행을 아무렇지 않게 따르는 반면 "(흑인 청년의 경우) 마치 범죄인 것처럼 집행기관의 감시를 받는다"라고 지적했다.[36] 타당한 지적이었다. 2000년대 초반에 수많은 젊은 여성 사이에서 웨일 테일*이 유행했던 것을 떠올려보자. 이 대담한 유행은 헤픈 여자라는 무지막지한 비난과 함께 모럴 패닉†과 미디어 논쟁을 불러일으켰지만 범죄로 간주되지는 않았다. "웨일 테일을 근절하자"라는 문구가 쓰인 광고판도 없었고, 흑인 청년들의 팬티 노출 금지법이 제정된 것처럼 티팬티 노출을 금지하는 "헤픈 여자" 법이 통과되지도 않았다.

그러나 백인 관료들만 새깅을 반대하고 나선 것

---

* 허리밴드 위로 티팬티 윗부분을 살짝 드러내는 것.

† 무언가가 사회를 위협한다는 두려움이 퍼지는 현상.

은 아니었다. 흑인 관료들 역시 이 유행을 억제하는 조치에 찬성했다. 사회학자 마이클 에릭 다이슨에 따르면 이 사실은 새깅을 둘러싼 논란이 그저 인종 간의 간극만 상징하는 것이 아니라 흑인 청년들과 그 이전 세대 간의 세대차이 역시 뚜렷하게 드러낸다는 점을 시사한다. 2007년, 다이슨은 〈뉴욕타임스〉에 "(아프리카계 미국인 관료들은) 새깅 스타일이 파괴적 행동으로 이어지는 불쾌한 생활방식을 나타낸다는 근거 없는 통념에 동의한다"고 말했다.[37] 그러나 여러 인터뷰를 보면 새깅 스타일을 추구하는 많은 청년이 결코 새깅을 범죄로 이어지는 관문이나 방종함의 지표로 여기지 않았다는 사실을 알 수 있다. 오히려 새깅 진은 다른 청바지 스타일이 이전 세대의 예술가와 저항

                                                          청바지

자, 활동가를 화합했듯 흑인 공동체의 창의적인 결속을 돕는 공통의 표현 방법이었다.[38]

새깅이 1990년대에 비행 청년과 결부되는 유일한 청바지 스타일은 아니었다. JNCO 진은 1990년대의 스트리트, 스케이터, 자칭 "루저" 십대 스타일에서 가장 중요한 부분을 담당했다. JNCO는 못 본 척하기 쉽지 않았다. 허리에서부터 세모꼴 집 모양으로 떨어지다가 바닥에 웅덩이처럼 바지 자락이 고이는 형태가 너무나도 인상적이었기 때문이다. JNCO가 통바지라는 말은 매우 절제된 표현이다. 어떤 바지는 밑단 폭이 무려 175센티미터에 달했다.[39]

아무것도 판단하지 말고 하나 고르라Judge None, Choose One는 의미의 JNCO는 모로코에서 태어나 프랑스에서 성장한 두 형제가 1985년에 설립한 회사다. 형제는 이스트 LA의 라틴계 거주지를 걷다가 우연히 목격한 통바지에서 영감을 얻었다. 형제는 그렇게 청년층에 소구하는 스트리트웨어 브랜드를 만들기로 결심하고 라틴계 그라피티 예술가 조지프 몬탈보에게 이 브랜드의 악명 높은 왕

관 로고 디자인을 의뢰했다. JNCO의 모토는 "인습주의에 도전하라"였고, 10년도 채 지나지 않아 바로 그 목표를 달성했다. 20만 달러의 초기 투자 비용이 매출 1억 8700만 달러라는 어마어마한 성과로 이어진 것이다.[40]

십대 사이에서 JNCO 진은 반문화의 상징이 되었다. 전국의 학교에서 JNCO를 금지했다. 그때쯤이면 학교 측에서도 깨달았으면 좋았겠지만, 이러한 조치는 아이들의 갈망을 더욱 부추길 뿐이었다. 리어노라 엡스타인은 〈버즈피드〉에 실린 기사에서 JNCO 진이 쿨한 열한 가지 이유를 분석했는데, 그 기사는 다음 문장으로 훌륭하게 요약된다. "권위자들은 엿이나 먹어라!" (또한 엡스타인은 JNCO 진이 두 다리를 "쿨함의 기념비"로 만든다

　　　　　　　　　　　　　　　　　청바지

는 점과 "이때는 여자들이 펑퍼짐한 옷을 입고도 섹시하다는 말을 들을 수 있는 역사상 유일한 시기였다"라는 점을 지적했다. 나는 역사가로서 두번째 주장에 회의적이지만, 사회가 금지한 거대한 바지를 입는 것에 어딘가 전복적인 섹시함이 있었다는 엡스타인의 말은 옳다.[41])

청바지에 주머니가 있는지 없는지, 통이 넓은지 좁은지, 허리둘레가 꼭 맞는지 아닌지에 왜 그렇게들 격분하는지 모르겠다고 생각할 수도 있다. 그러나 이러한 디테일에는 자기주장과 비난, 사회의 요구로 이루어진 거대한 우주가 숨어 있다. 하위문화의 참여자가 보기에 특정 청바지 스타일은 하나의 세계관을 품고 있다. 가장 사소한 특징일지라도 정치적 저항, 전통적인 미적 기준에 대한 거부, 인종 정체성의 수용, 권리를 박탈당한 공동체와의 연대, 인습주의에 대한 도전을 나타낼 수 있다. 한편 하위문화 외부인의 눈에는 바로 그 디테일이 다름과 반항을 나타낸다. 특정 청바지 스타일은 그들이 소중히 여기는 믿음과 생활방식에 가운뎃손가락을 날리는 모욕처럼 느껴질 수 있다.

청바지는 상반되는 두 집단, 바로 사회에 섞이고 싶은 사람들과 눈에 띄고 싶은 사람들 모두에게 완벽하게 어울리는 필수 아이템이다.

청바지엔 다 있다

1943년 5월, 〈새터데이 이브닝 포스트〉에 색다른 표지 모델이 등장했다. 대좌 위에 걸터앉은 빨간 머리칼이 곱슬거리는 여자였다. 여자가 신은 가죽 신발은 히틀러의 『나의 투쟁』을 아무렇지 않게 지르밟고 있었고, 여자의 한 손에는 반쯤 먹은 샌드위치가 들려 있었다. 데님 커버올*의 소매 밑으로 알통이 불룩 튀어나왔고, 무릎 위에는 리벳을 박

　　　　　　　　　　　　　　청바지

는 거대한 공구가 놓여 있었다. 이 표지 그림은 화가 노먼 록웰이 오늘날에도 유명한 제2차세계대전 당시의 페미니스트 아이콘인 리벳공 로지를 그린 것이었다. 잡지는 수백만 부 팔려나갔고, 로지는 전 국가적 보물이 되었다.

로지가 인기를 널리 얻은 것은 록웰 덕분이었지만 그가 로지를 창조해낸 것은 아니었다. 로지는 전시戰時 활동에 동참한 여자들을 칭송하는 레드 에번스와 존 제이컵 러브의 노래에서 처음 이름을 알렸다. 제2차세계대전 때 전쟁터로 나간 남자들의 자리를 채우기 위해 여성 수백만 명이 미국 노동력에 유입되었다. 미국 여성이 처음으로 제재소와 제철소에서 일하고, 비행선을 만들고, 군수공장의 조립라인에 투입되고, 화물을 하역하고, 땀 흘리며 중장비를 가동했다. 이러한 일자리들은 전통적인 가족 역할을 일시적으로 중단시켰을 뿐만 아니라 전통적인 복장 규범까지 바꾸었다. 리벳공

* 오버올은 멜빵바지이고 커버올은 셔츠와 바지를 연결한 형태다.

로지 같은 여자들은 전쟁 이전에 남자들이 입던 덩거리와 커버올, 오버올을 입었다. 청바지는 순식간에 여자들의 옷장 속 애정템이 되었다.

그러나 전쟁이 끝나자 수많은 로지가 일자리를 잃었고, 앞치마를 두른 완벽한 주부의 신화가 다시 중심을 차지했다. 리벳공으로 일하던 여성들은 다시 청바지 대신 여성스러운 드레스를 입고 사람들의 눈을 사로잡는 아름다운 아내가 되어야 했다. 몇몇 여성 잡지는 여전히 정비공처럼 입고 다니는 독자들을 꾸짖으며 전업주부이자 아내라는 전쟁 이전의 역할로 되돌아가야 한다고 주장했다.[42] 그러나 이미 청바지의 매력을 맛본 여성들은 지니를 다시 램프에 집어넣을 수 없었다. 대다수 여성이 집이나 격식을 차리지 않는 자리에서만 청바지를 입었지만, 일부 여성은 사회생활중에도 일상적으로 데님을 입었다.

20세기 중반 무렵, 청바지는 더욱 성 중립적인 의복이 되었다. 오늘날에는 여성이 거리낌없이 헐렁한 청바지를 입고 남성이 아무렇지 않게 딱 붙는 청바지를 입는다. 최근 데님 브랜드들은 유니섹스 개념을 전면적으로 수용해 성 중립적 패션에 관심 있는 소비자들을 대놓고 겨냥하고 있다. 리바이스 웹 사이트는 501® 오리지널이 수십 년간 성별에 관계없이 사랑받았으며, 그러한 젠더 유동성은 "리바이스의 옷이 성별을 명확히 구분 짓기보다는 모두에게 똑같이 어울리는 유니섹스 스타일에 가까워지는 요즘 그 어느 때보다 더 중요하다"라고 명시하고 있다.[43] 청바지는 노동계급과 부유층, 하이패션과 로우패션을 가르는 경계를 허물었듯 남성과 여성의 경계 또한 허물고 있다.

그러나 청바지와 젠더의 관계는 여전히 복잡하다. 여성용 디자인과 남성용 디자인이 명백히 나뉘어 있기도 하지만, 더욱 흥미로운 점은 그러한

디자인의 명칭이 젠더 규범을 뒷받침한다는 것이
다. 품이 넉넉하고 편안한 보이프렌드 핏 청바지
를 예로 들어보자. 자기 남자친구와 그의 느긋한
스타일에 푹 빠진 어떤 여자의 이미지가 떠오른
다. 그 여자는 남자친구의 아파트에서 나오기 전
에 지나치게 큰 그의 청바지를 걸치고서 아무렇지
않게 문을 나선다. 청바지 회사들은 '보이프렌드
핏'이라는 단순한 두 단어에 하나의 서사를 담았
고, 이와 더불어 젠더와 관련된 이성애 규범적 가
정까지 집어넣었다. 보이프렌드 진을 입는 여자는
단순히 헐렁한 청바지를 입는 게 아니라 남성용처
럼 보이는 청바지를 입는 것이다. 그러나 "보이프
렌드 핏"이라는 용어에는 주의 사항도 담겨 있다.
'이 청바지를 입는다고 해서 당신이 진짜로 젠더

                                        청바지

를 바꾸고 싶어한다는 뜻은 아니다. 이 청바지는 사랑하는 사람과 더 가까워지고 싶은 자연스러운 충동을 드러낸다'는 것이 그 내용이다. 즉, "보이 프렌드 핏"은 전통적인 젠더 규범에 저항하는 동시에 그만큼 젠더 규범을 떠받친다.

물론 보이프렌드 핏이 이러한 이름을 얻게 된 데는 전적으로 타당한 이유가 있다. 청바지가 청년 문화에서 인기를 끌던 1950년대와 1960년대에는 여성이 자기 남자친구의 청바지를 빌려 입는 것이 유행이었다(오빠나 남동생의 청바지를 빌려 입기도 했는데, 아마 "브라더 진"은 보이프렌드 진처럼 입에 착 붙지 않았을 것이다).

그러나 우리는 의복 스타일을 지칭하는 용어를 재고할 필요가 있다. 자세히 살펴보면 그 안에 깊이 자리잡은 문화적 기대가 드러나기 때문이다. 맘 진mom jean을 예로 들어보자. 맘 진은 1990년대와 2000년대의 엄마들이 이런 청바지를 입었다는 이유로 붙은 이름이다. 맘 진은 폭이 넉넉하고 허리선이 상당히 높은데, 이 때문에 엉덩이가 길고 납작해 보이는 기이한 부작용이 발생한다. 맘 진은 실용적이고 몸을 빠짐없이 가려주며 불필요한 시선을 끌지 않는다. 일명 청바지계의 통밀 토스트다.

"맘 진"이라는 용어가 대중화된 2003년에는 이 용어에 낙인이 찍혀 있었다.[44] 맘 진이 엄마 청바지인 이유는 이 바지가 우리를 보살피고 마음을 편하게 가라앉혀서가 아니었다. 그건 맘 진이 겉보기에 펑퍼짐하기 때문이었다. 평소 엄마들이 입는 옷처럼 말이다. 맘 진과 MILF*는 명백히, 전적으로 양립 불가능했다.

이러한 부정적 고정관념이 널리 퍼진 것은 엄마들이 아니라 청년 문화가 변했기 때문이었다. 엄마들은 수십 년 전부터 별문제 없이 허리선이 높고 통이 넉넉한 청바지를 입어왔지만 이러한 청바지는 1990년대에 이르러 고리타분하고 보수적인 의복의 상징이 되었다. 그 당시 젊은 여성들은 허리선이 낮은 로우라이즈 청바지를 선호했고 이따금 웨일 테일로 포인트를 주기도 했다. 브리트니 스피어스나 패리스 힐턴 같은 대중문화의 아이콘들은 청바지 허리선으로 "어디까지 내려갈 수 있나" 경쟁을 벌이는 듯했고, 십대 소녀들 역시 일제히 이 림보 경쟁에 참전하며 부모들을 경악시켰다. 젊은 여성들은 티팬티를 드러내고 레드 카펫에 오른 질리언 앤더슨처럼 매혹적이고 자유로운 여성이 되고 싶었다. 자신의 섹슈얼리티와 몸을 있는 그대로 받아들이는 힘있는 여성이 되고 싶었다. 자기 엄마들처럼 따분하게 살거나 촌스러운 옷을 입고 싶지는 않았다.

당시의 십대들이 자라 성인이 되었고, 그와 함께 엄마됨의 개념도 새로워졌다. 개성 넘치고 쿨한 엄마 블로거와 인스타그램 인플루언서 무리가 엄마

* Mom I'd Like to Fuck. 섹스하고 싶을 만큼 섹시한 엄마라는 뜻.

됨의 이미지를 완전히 탈바꿈했다. 앰버 필러럽 클라크(@amberfillerup)와 헤더 암스트롱(@dooce)은 1990년대와 2000년대에 미디어에서 그토록 잔인하게 조롱한 촌스럽고 엉덩이가 납작한 전형적인 엄마의 이미지와는 거리가 아주 멀다. 한때 직접 웨일 테일을 드러내기도 했던 신세대 엄마들은 엄마됨에 대한 새로운 인식을 불러왔다. (그러나 이 엄마 블로거 이미지에도 종종 부작용이 나타난다는 점을 짚고 넘어갈 필요가 있다. 알파맘 인플루언서들은 여성이 모든 것을 다 잘해낼 수 있다고 주장한다. 새집처럼 깔끔한 집, 사랑꾼 남편, 흠잡을 데 없이 얌전한 아이들, 잘나가는 커리어, 즉시 카메라에 찍혀도 문제없는 패션, 자신을 돌보는 휴식 시간, 흐트러짐 없는 자신감. 이들의 주장과 달리 커튼 뒤의 삶

　　　　　　　　　　청바지

은 장밋빛과 거리가 멀지만 많은 엄마가 인터넷의 육아 콘텐츠를 성실하게 소비한다. 연구에 따르면 이러한 엄마들은 자신이 그만큼 유능한 부모가 아니라고 생각하는 경향이 있다.[45])

엄마가 되는 일에 더이상 성적으로 은퇴했다는 가정이 따라붙지 않는다면, 그러한 인식의 변화가 맘 진에도 똑같이 적용될 것이다. 맘 진은 뒤태가 헐렁하게 처지고 앞 지퍼가 쭈글쭈글할지 몰라도 그 이유로 덜 섹시해지지는 않는다. 오늘날 수많은 젊은 여성이 맘 진을 적극적으로 입으려 한다. 그들은 이러한 유행이 여성들의 엉덩이 지형학에 미치는 영향은 조금도 개의치 않는다. 실제로 이 여성들은 맘 진이 그토록 멸시당한 이유인 펑퍼짐한 스타일과 헐렁한 실루엣을 즐긴다. 맘 진은 편안하고 젠더 이분법을 거스르며 느긋하다. 게다가 똑같이 재유행중인 묵직한 부츠나 오버사이즈 상의와도 완벽하게 어울린다. 청년들은 맨살을 노출하지 않는 얌전한 패션을 더이상 촌스럽게 여기지 않으며 많은 여성이 편안하고 몸을 압박하지 않는 패션을 선호한다. 유행은 언제나처럼 또

다시 바뀌겠지만, 적어도 지금은 젠지들이 자기 할머니가 그랬듯 맘 진을 열렬히 받아들이고 있다. 비록 그 맥락은 전과 다르지만 말이다.

허리선이 한참 높고 바지통이 헐렁하게 떨어지는 대드 진dad jean도 마찬가지다. 제리 사인펠드와 스티브 잡스는 조금도 주저치 않고 당당하게 대드 진을 걸쳤지만, 버락 오바마가 대통령에 취임했을 무렵 대드 진은 이미 아빠들이나 입는 옷이라는 딱지가 붙어 상당한 불명예를 얻은 상태였다. 오바마는 2009년 메이저리그 올스타전에 헐렁한 청바지를 입고 시구자로 나섰다는 이유로 호된 질책을 받았다. 로빈 기번은 〈워싱턴 포스트〉에서 이렇게 격분했다. "오바마가 〈GQ〉 구독자 한정판을 넘기며 오후를 보내는 사람처럼 보이길 바라는 사람은 많지 않다. 그러나 대다수 사람은 그가 적어도 '성공하는 옷차림'에 대해 들어봤으리라 믿고 싶어한다.[46]" 지금 다시 그때 사진을 보면 오바마가 입은 청바지는 다시 유행중인 무난한 일자 바지처럼 보인다. 톱숍과 루21 같은 트렌디한 의류업체들은 심지어 여성들을 위한 대드 진을 판매하기까지 한다. (의아한 독자들을 위해 설명하자면, 이 여성용 대드 진은 통이 좁아지지 않는 맘 진처럼 생겼다.)

좀더 포용적이고 젠더 중립적인 패션이 요구되면서 청바지의 사이즈 규격에도 변화가 생기고 있다. 그동안 여성들은 사이즈가 서로 일치하지 않는 모호하고 변덕스러운 규격 때문에 줄곧 고통받았다. 어떤 브랜드에서 10 사이즈를 입는다 해도 다른 브랜드에서는 8이나 12 사이즈를 입어야 할지도 모른다. 온라인 쇼핑 후기에는 특정 옷이 크게 나왔는지 작게 나왔는지 정 사이즈인지에 대한 조언이 자주 등장하는데, 솔직히 말하면 사이즈에 관한 한 진실은 없는 것 같다.

현대의 표준화된 사이즈 규격은 1940년대 초

반에 처음 형태를 갖추기 시작했다. 미국 정부는 의류의 표준 라벨 체계를 마련하고자 여성의 신체 치수를 조사해달라고 의뢰했으나 조사원들은 이내 난관에 봉착했다. 여성들이 매장 점원에게 자신의 치수를 알리려 하지 않았기 때문이다. 그 결과, 이 연구는 여성 의류의 경우 신발 사이즈와 달리 구체적인 신체 치수가 드러나지 않도록 추상적인 기준을 따라야 한다는 결론으로 이어졌다. 1958년, 국립표준기술연구소가 최초로 짝수 단위로 구성한 여성 사이즈 규격표(8-38)를 발표했다. 그러나 정부가 그토록 마련하고자 애썼던 과학적인 연구에 기반한 사이즈 규격표는 겨우 몇십 년 만에 아무 의미 없는 말장난으로 전락했다.[47]

사이즈에는 여성들이 자기 몸에 맞는 옷을 찾을

청바지

수 있도록 돕는다는 실용적인 용도가 있지만, 표준화 작업이 결국 실패로 끝난 데는 타당한 이유가 있다. 자기 몸을 누구보다 긍정하는 여성들도 마음속 깊은 곳에서는 사이즈 앞에 작아지곤 한다. 기성복 사이즈가 몸에 맞지 않는 사람은 즉시 자신의 신체 형태가 "특이"하다고 생각하게 된다. 또한 어떤 브랜드에서 10 사이즈의 옷을 입는다면 다른 브랜드에서 12 사이즈의 옷은 입고 싶지 않을 것이다. 이전 세대의 여성들이 매장 직원에게 자기 신체 치수를 밝히길 꺼렸던 것처럼, 오늘날의 많은 여성도 자신의 사이즈가 얼마나 "플러스"이고 "비정상"인지 밝히길 주저한다.

사이즈 규격이 표준화되자 마른 몸매에 대한 관심이 커졌고 "허영 사이즈", 즉 사이즈 인플레이션이 생겨났다. 패션 브랜드들은 고객의 자부심을 살려주고 수익을 내기 위해 과거의 표준 사이즈 규격을 내던지고 점점 더 작은 숫자를 쓰기 시작했다. 매릴린 먼로는 널리 알려진 대로 미국 12 사이즈를 입었는데, 이 치수는 오늘날 미국 6 사이즈와 같다.[48] 소비자들은 이 말도 안 되는 사이즈 규격에 넌더리를 내면서도 무의식적으로는 자신의 불안을 달래주는 사이즈에 이끌린다. 여러 연구에 따르면 사이즈 숫자가 작을수록 쇼핑객의 자부심이 커지고, 그에 따라 옷을 구매할 가능성도 높아진다.[49] 즉, 패션 브랜드들은 사이즈의 변수를 줄여야 할 이유가 전혀 없다. 오히려 쇼핑객을 한 자리 숫자 범위로 밀어넣어야 할 이유가 차고 넘친다. 그리고 그 조력자인 우리들은 사이즈가 나날이 엉망진창으로 변해가는 가운데 영원히 저들의 결정에 휘둘리고 있다.

상의나 흘러내리는 드레스 같은 옷들은 사이즈를 찾기가 비교적 쉽다. 그러나 몸에 잘 맞는 청바지 한 벌을 찾으려는 여성은 자기 인내심의 한계를 시험하게 된다. 연구에 따르면 청바지 쇼핑은 그 어떤 의복 쇼핑보다 많은 불안을 유발한다.[50] 온라인에 퍼지는 영상에 나오는 여성들은 서로 다른 브랜드에서 나온 "똑같은" 사이즈의 청바지를 비교하며 사이즈가 얼마나 임의적인지 폭로한다. 내가 가진 청바지 세 벌은 전부 내 몸에 잘 맞는데, 태그에는 각각 다른 사이즈가 쓰여 있다. 이른바 세상에서 가장 편안한 의복이라는 청바지가 쇼핑하기 피곤한 의복이라는 사실은 아이러니하다. 탈의실에 데님 한 무더기를 싸들고 들어가는 생각만으로도 벌써 고단하고 마음이 갑갑해진다.

일부 영리한 브랜드는 사람들이 자기 치수를 부끄러워하지 않았다면 아마 처음부터 도입했을 단순한 아이디어를 하나 냈다. 바로 남성용 청바지처럼 간단히 허리둘레와 인심inseam*을 활용하는 것이다. 남성에게 청바지 구매는 비교적 단순한 활동이다. 특정 디자인은 핏이 다를 수 있겠지만 자신의 허리둘레와 인심이 각각 36인치와 32인치라는 걸 아는 남자는 확실한 시작점이 있는 셈이

* 사타구니에서부터 발바닥까지의 다리 길이.

다. (그러나 남성이라고 변덕스러운 사이즈에서 자유로운 것은 아니다. 저널리스트 에이브럼 사우어는 많은 남성 브랜드 역시 소비자의 기분을 띄워주려고 치수를 조작한다는 사실을 발견했다.[51])

점점 더 많은 브랜드가 신체 치수에 기반한 체계를 도입하면서 크나큰 변화가 일어나고 있는 듯하다. 메이드웰과 포에버21, 제이크루, ASOS처럼 사십대 이하를 겨냥하는 여러 기업이 여성용 청바지에 신체 치수에 기반한 사이즈 표를 제공하고 있으며, 리바이스와 디젤 같은 주요 데님 브랜드 역시 치수 기반 체계를 택하고 있다. 일부 기업은 반품을 줄이고 창고 공간을 아끼려는 목적에서 프리사이즈 청바지를 시도하고 있으며, 또다른 기업들은 구매자 개개인을 위해 청바지를 특별 제작하는 커스텀 사이즈 사업 모델로 전환했다.[52] 아름다움의 문화적 기준과 신체 규범성은 분명 앞으로도 우리가 구매하는 옷에 반영될 것이다. 일부의 바람과 달리 대다수가 날씬함을 선호하는 현상은 좀처럼 사라지지 않을 전망이다. 그러나 청바지 제조업체들은 자사 고객이 과거의 모호한 사이즈 체계에 신물이 났다는 걸 서서히 깨닫고 있다.

데님 변론

어떤 옷이 세상에서 가장 섹시하다고 생각하는가? 속옷을 제외하고 거리에서 볼 수 있는 옷 중에서 골라보자. 근사한 정장? 에이라인 스커트? 깔끔하게 다린 버튼다운 셔츠? 목이 깊게 파인 블라우스? 유행가의 가사가 사실이라면 답은 이중에 없다. 다양한 시대의 거의 모든 음악 장르에서 가장 섹시한 옷의 영광은 청바지에게 돌아간다.

1974년, 지미 웨브는 〈Lady Fits Her Blue Jeans〉라는 곡에서 데님을 걸친 매력적인 여자를 노래했고, 1978년 닐 다이아몬드는 〈Forever in Blue Jeans〉를 부르며 난롯가에서 보내는 로맨틱한 하룻밤을 달콤하게 묘사했다. 1984년에 데이비드 보위는 거부할 수 없을 만큼 매력적인 여자를 따라다니는 내용의 단편영화 〈Jazzin' for Blue Jean〉을 제작했다. 1980년대에는 멜 맥대니얼의 〈Baby's Got Her Blue Jeans On〉(1984)와 돌리 파톤의 〈Why'd You Come in Here Lookin' Like That〉(1989)가 나오면서 컨트리음악도 섹시한 청바지 경쟁에 뛰어들었다. 1996년, 매혹적인 청바지는 스퀴저의 앨범 〈Drop Your Pants〉의 수록곡 〈Blue Jeans〉로 유로 댄스 신을 강타했다. 그리고 2000년 이래로는 줄곧 섹시 힙합과 R&B 차트를 장악하고 있다. 지뉴와인의 〈In Those Jeans〉

　　　　　　　　　　　　　　　　　　청바지

(2003), 칭이의 〈Dem Jeans〉(2006), 플로 라이다의 〈Low〉(2007), 크리스 브라운의 〈Blue Jeans〉(2015)가 그 예다. 팝과 인디 장르의 히트곡들도 청바지의 섹시함을 찬미한다. 케이티 페리는 〈Teenage Dream〉(2010)에서 딱 붙는 청바지를 찬양했고, 라나 델 레이는 〈Blue Jeans〉(2012)에서 제임스 딘 같은 남자를 향한 사랑을 고백했으며, 킹스 오브 리언은 전 세계의 무대 위에서 〈Taper Jean Girl〉(2004)에 집착하는 페티시를 드러냈다.

수십 년간 청바지는 가장 기본적인 옷이자 가장 섹시한 옷이라는 두 타이틀을 동시에 누려왔다. 편안한 일상복이 사람을 애태울 수 있다는 말은 언뜻 모순처럼 들릴지 모른다. 그러나 청바지의 섹시함을 찬미하는 모든 노래 가사를 보면 편안함이야말로 애초에 청바지를 그토록 관능적으로 만드는 요인인 듯하다. 청바지를 입고 데이트에(또는 클럽이나 바에) 갈 만큼 자신감 있고 태연한 사람은 화려한 옷과 공들인 화장으로 자신을 꾸미지 않아도 상대를 애태울 수 있다. 이들의 섹시한 매력은 목이 깊게 파인 옷이나 세련된 태도에서 나오지 않는다. 이들의 섹시함은 자연스럽다. 매력적인 사람이 청바지를 입으면 그 자체만으로 사람을 강하게 끌어당긴다.

물론 이건 청바지가 가진 매력의 일부분일 뿐이다. 청바지는 단순하고 편안하며 진실하다. 그러나 스키니진에 힘겹게 다리를 쑤셔넣은 적이 있다면, 엉덩이가 너무 크거나 납작하거나 이래저래 못생겨 보이지 않는 청바지를 찾아 헤맨 적이 있다면, 사실 청바지가 그리 단순한 옷이 아니라는 사실을 이해할 것이다. 청바지의 편안함은 잘 다듬은 눈썹이나 수염과 같은 환상이다. 그 모든 자연스러운 편안함에는 수고가 따른다. 이 역설을 가장 잘 보여주는 것이 바로 1980년에 ABC와 CBS

    청바지

방송국에서 방영이 금지된 캘빈클라인의 청바지 광고 시리즈다. 광고 속에서 15세의 브룩 실즈는 몸에 딱 붙는 청바지를 입고 카메라를 강렬하게 바라보다가 말한다. "나와 내 캘빈 청바지 사이에 뭐가 있는지 알아요? 아무것도 없어요."

여러 방송국이 분개한 이유가 속옷을 입지 않았다고 암시하는 대사 때문만은 아니었다. 이 광고 시리즈는 연상의 힘을 순수예술의 경지로 끌어올렸다. 또다른 광고에서 실즈는 꽉 끼는 청바지에 몸을 힘겹게 욱여넣으며 유전자genes*가 개인 고유의 형질을 전달하는 역할을 맡는다고 설명한다.[53] 실즈가 골반을 치켜들고 청바지를 입는 동안 나체에 가까운 그의 엉덩이가 허공에서 아치를 그린다. 실즈는 바닥에 누워 온몸을 뒤집고 비틀며 절제되었으나 성행위를 암시하는 듯한 동작을 취한다. 그리고 블라우스의 맨 윗단추를 손가락으로 만지면서 "선택적 짝짓기"라는 단어를 말한다. 실즈는 묶었던 머리카락을 풀고 카메라를 똑

바로 쳐다보는데, 그 모습이 에두아르 마네의 작품 〈올랭피아〉(1863) 속 벌거벗은 여인처럼 대담하고 도전적이다. 그러고 나서 실즈는 프레첼처럼 다리를 꼬아 발을 얼굴 옆에 갖다 댄다. 우리는 하얀 배경 앞에서 윤곽을 드러낸 실즈의 허벅지 안쪽의 부드러운 곡선과 탄탄하게 올라붙은 엉덩이, 골반 아래 생긴 삼각형 모양의 빈 공간을 볼 수 있다.

대다수 광고에서 실즈는 옷을 모두 갖춰 입었지만 실즈의 몸짓이나 광고의 의도는 상상의 여지가 없을 만큼 명확했다. 이것이 바로 청바지가 가진 유혹적 힘이다. 스커트와 달리 청바지는 다리를 전부 가리면서도 몸에 더 밀착된다. 긴 튜닉을 같이 입지 않는 한 두 다리의 윤곽이 또렷하게 드

청바지

러난다. 이러한 이유로 일부 국가에서는 청바지와 몸에 꼭 맞거나 짧은 블라우스를 함께 입는 것이 여전히 야하다고 생각한다. 뭄바이 청년의 패션에 대한 2006년 연구에서 샤쿤탈라 바나지는 일부 젊은 여성이 사회에서 요구되는 젠더 역할에 도전하기 위해 사람들이 생각하는 청바지의 성적 매력을 일부러 이용한다는 사실을 발견했다. 응답자 프리타는 바나지에게 자신이 "서구식" 옷차림을 좋아하는 이유는 "반항적이고 매력적이며 성적이고 '도발적인' 느낌을 주기 때문"이라고 말했다.[54] 일부 젊은 여성에게 청바지를 입는 것은 빅토리아시대에 발목을 드러내는 것과 비슷하다. 몸은 완전히 가려져 있지만, 문화 규범을 위반하고 금기를 깨는 행위는 사람들을 자극한다. 청바지는 현대적이고 수수한 섹스어필의 징표다.

어떤 맥락에서는 청바지를 바라보는 성적인 시선을 환영하기도 한다. 프리타 같은 여성들은 자기 정체성을 형성하고 문화의 지배적 요구 앞에서 자기 입장을 드러내고자 의식적으로 패션을 이용한다. 그러나 이처럼 성애화된 시선이 모든 맥락에서 여성에게 자유를 주는 것은 결코 아니다. 몸에 딱 붙는, 누가 봐도 섹시한 옷만 그런 시선을 받는 것도 아니다. 1995년, 캘빈클라인의 마케팅팀은 몸에 달라붙지 않는 청바지도 섹스를 연상시킬 수 있음을 증명해 보였다. 역시 방송을 금지당한 또다른 광고에서 영국의 모델 캐런 페라리는 카메라를 등지고 나타난다.[55] 페라리가 입은 청바지는 허리 아래에 낮게 걸쳐 입는 로슬렁low-slung 스타일이고 품이 헐렁하다. 페라리가 서 있는 조명이 흐릿한 방엔 페인트가 튄 작업용 사다리 외에는 아무것도 없다. 카메라 바깥에 있는 남자가 말한다. "네 청바지 핏이 마음에 들어. 너도 그래?" 페라리가 빙그르 돌아서 카메라를 바라보자 남자는 지루해 보인다며 불만을 표한다.

청바지

"춤출 수 있어?" 남자가 부추긴다.

"응, 춤출 수 있어. 하지만 널 위해 추진 않을 거야." 남자가 춤을 춰달라고 자꾸 재촉하자 페라리는 불편해하는 듯하다. 카메라가 페라리의 골반과 맨살이 드러난 배를 클로즈업한다. 그리고 가슴을 거쳐 얼굴로 올라온다. 페라리는 불안한 듯 얼굴을 만진다. 페라리는 마침내 자신은 하고 싶지 않은 일은 하지 않는다고 선언한다. "좋은 태도네"라는 남자의 인정과 함께 화면은 캘빈클라인 로고로 전환된다.

이 광고는 독립적인 여성에 대한 논평처럼 보이기보단 마지못해 찍은 섹스 테이프의 첫 30초를 몰래 훔쳐보는 듯한 느낌을 풍긴다. 시청자는 페라리가 입은 청바지가 아니라 페라리의 몸과 확신 없는 태도, 불편함을 자세히 살피게 된다. 그리고 더 나아가 시청자가 그 불편함을 매력적으로 느끼게끔 유도한다. 광고의 메시지는 명확하다. 아름다운 여성은 단지 탱크톱과 헐렁한 청바지 차림일 때조차 성애화된 시선을 받을 수 있다. 실제로 이 광고는 페라리의 편안한 옷차림을 유혹적인 초대로 묘사한다. 가장 일상적인 순간에도 여성은 종종 자기 의도와 상관없이 자발적인 성적 대상으로 취급받곤 한다. 그리고 이탈리아의 한 법정에서 내린 결론처럼, 여성은 때때로 청바지를 입었다는 이유만으로 성범죄의 공모자가 되기도 한다.

1992년 7월 12일, 이탈리아 남부에 있는 마을 무로 루카노에서 55세 카르미네 크리스티아노가 운전 강습을 위해 18세 로사를 데리러 왔다. 로사가 차에 타자 크리스티아노는 학생을 한 명 더 태워야 한다며 도심 바깥에 있는 외딴곳으로 향했다. 로사의 법정 진술에 따르면 크리스티아노는 아무도 없는 좁은 도로에 차를 세우고 로사를 땅에 거꾸러뜨린 뒤 청바지의 한쪽 다리를 벗겨 로사를 강간했다. 그 뒤 로사에게 직접 운전해서 집으로 돌아가라고 지시하며 아무에게도 말하지 말라고 경고했다.[56] 로사의 부모님은 집으로 돌아온 딸이 눈에 띄게 동요하고 있음을 알아차렸지만 로사는 함구했다. 그러나 몇 시간 뒤 로사는 결국 입을 열었다. 가족이 당국에 신고했고 크리스티아노는 소환되어 심문받았다. 그는 로사와 성관계를 가졌음을 시인했으나 경찰에게 합의에 따른 섹스였다고 진술했다.

1996년 2월, 크리스티아노는 공공장소에서의 음란 행위로 유죄를 선고받았으나 성폭력과 사적 폭력, 성적인 목적의 납치, 신체 상해 혐의에 대해서는 무죄판결을 받았다. 크리스티아노는 유죄판결에 항소했고, 검사는 일련의 무죄판결에 항소했다.[57] 1998년, 항소법원은 모든 혐의에 유죄판결을 내리고 34개월 징역형을 선고했다.

그러나 이야기는 여기서 끝나지 않았다. 그해 말에 이탈리아 대법원은 항소법원이 증거를 철저히 검토하지 않고 "강간 혐의에 부합하지 않는 상황을 (…) 축소하거나 무시했다"며 앞선 판결을 뒤집었다.[58] 그 상황이란 로사가 부모에게 말하기까지 몇 시간을 망설였다는 것, 직접 운전해서 집으로 돌아왔다는 것, 그리고 훗날 강간 혐의에 대한 "청바지 변론"이라는 조롱 섞인 이름으로 알려진 것이었다. 대법원은 다음과 같이 판시했다. "청바지를 입은 사람의 적극적인 협조 없이 타인이 청바지를 벗기는 것은 거의 불가능하다는 평범한 경험적 사실을 고려해야만 하는데, 청바지를 벗기란 본인에게도 충분히 힘든 일이기 때문이다."[59] 즉, 로사의 청바지가 몸에 너무 딱 달라붙기 때문에 강간당했을 리가 없다는 말이었다. (재판에 로사의 청바지 핏에 대한 증거가 제출되지 않았다는 사실은 우선 제쳐두자. 청바지가 달라붙었다는 것은 판사들의 추측이었던 것으로 보인다.)[60]

크리스티아노 판결이 나오자마자 대중의 분노

　　　　　　　　　　　청바지

가 일었다. 여성 의원들은 청바지를 입고 국회에 나타나 이탈리아 여성들에게 "치마 파업"에 동참하라고 촉구했다.[61] 베니토 무솔리니의 손녀인 국회의원 알레산드라 무솔리니는 "판사들은 강간 피해자의 심리에 대한 감수성이 전혀 없고 피해자의 생각이나 현실을 조금도 모른다"며 분노를 쏟아냈다.[62] 정치 성향을 막론하고 정치인과 전문가들이 무솔리니의 관점에 동의했다. 그중에는 이탈리아 대법원에 소속한 열 명의 여성 판사 중 한 명인 시모네타 소추도 있었다(대법원 판사는 총 420명이다). 그는 "법이 남성들의 손아귀에 휘어잡혀 있다"며 개탄했다.[63]

이 시위 소식은 미국 로스엔젤레스에 본사를 둔 성폭력·가정폭력·청소년 폭력 예방 센터, 폭력을 넘어서는 평화의 총괄 책임자인 패티 오키우초 지간스의 관심을 끌었다. 지간스는 성인 여성과 미성년 소녀가 강간당하는 이유에 대한 근거 없는 믿음에 항의하는 한 방식으로 데님 입는 날을 만들자는 아이디어를 떠올렸다. 1999년 4월, 지간스는 첫번째 데님 데이 행사를 주최해 지지자들에게 행사의 의의를 널리 알리고 피해자에게 책임을 돌리는 잘못된 통념에 저항하며 주변 사람들에게 성폭력 교육을 실시하라고 독려했다. 데님 데이는 선출직 공무원과 사업체, 대학생, 지역 주민을 비롯해 100만여 명이 참여하는 연례행사가 되었다.[64] 데님 데이는 성폭력 인식의 달인 4월의 마지막 주 수요일에 열린다.

이탈리아 대법원에서 데님은 한순간에 공모의 상징이 되었다. 대법원이 내린 판결은 성범죄 생존자들이 그저 청바지를 입었다는 이유로 자기 결정권을 포기했다고 간주하는 것이었다. 그러나 이탈리아의 치마 파업과 데님 데이 주최 측의 지속적인 노력 덕분에 청바지는 생존자의 권리를 상징하는 원래의 자리를 되찾을 수 있었다. 성폭력

예방과 성 정의 고취의 측면에서는 아직 갈 길이 멀지만 전 세계 개혁가들의 노력은 뚜렷한 성과로 이어지고 있다. 최초의 이탈리아 치마 파업 이후 2년이 지난 뒤 이탈리아에서 강간 혐의로 기소된 또다른 피고인이 청바지 변론을 시도했다. 그는 전처(피해자)가 청바지를 입고 있었으므로 전처와의 성교가 합의에 따른 것일 수밖에 없었다고 주장했다. 이번에는 법원이 "청바지는 결코 정조대가 아니며 일부 모델은 벗기기 쉽다"는 사실을 인정하며 피고인에게 유죄를 선고했다.[65]

데님 변론은 다행히도 오래가지 못했다. 변론의 명이 다하면서 청바지가 자신의 권리를 침해하라는 유혹이나 마찬가지라는 위험하고 억압적인 서술도 함께 사라졌다. 청바지는 오래전부터 사회 규범에 대한 당돌한 거부, 젠더 역할에 대한 저항, 더 나은 세상을 꿈꾸는 활동가들의 지칠 줄 모르는 단결이 담긴 '에지edgy 있는' 의복이었다. 그러나 오늘날까지도 청바지는 억압과 문화적으로 연관되는 일에 저항하고 있다. 역사 내내 청바지는 여러 사람에게 각기 다른 의미를 지녔지만, 오랜

시간이 흘러도 변치 않는 한 가지 사실은 청바지
가 언제나 자유와 희망을 상징하는 자리로 되돌아
온다는 것이다.

청바지

3. 편안함

그곳은 파리일 수도 있다. 댈러스이거나. 아니면 타이페이거나. 전 세계 어딜 가든 공항은 전부 엇비슷하게 생겼다. 심지어 상하이에서도 시차로 인한 피로가 밀려들기 시작할 때 던킨도너츠를 찾아 들어갈 수 있다. 물론 건축물마다 특색이 다양하고 안내판에 쓰인 언어도 다르지만 좌석 배치와 통로, 터미널 위치, 화장실 같은 핵심 요소는 전부 친숙하게 느껴질 것이다.

이러한 획일성은 의도한 것인데, 공항은 "비장소"로 기능하기 때문이다. 인류학자 마르크 오제가 고안한 이 용어는 구체적인 역사와 문화, 정체성을 제거하도록 설계된 공간을 의미한다. 쇼핑몰과 고속도로, 호텔 같은 장소는 전 세계 사람들이

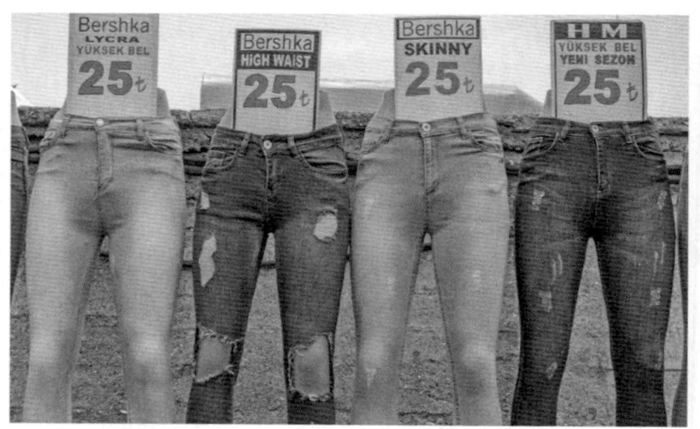

야외 판매대에 진열된 청바지들

언어와 통화를 제외하면 이와 같은 청바지 진열 방식은 전 세계 모든 쇼핑객에게 익숙할 것이다.

Image courtesy of Getty Images, Burt Johnson, and EyeEm.

사용할 수 있게끔 설계되기 때문에 우리가 누구고 어디에서 왔는지와 상관없이 쉽게 파악할 수 있다. 비장소는 문화적 특수성을 제거함으로써 순환과 소비, 소통을 촉진한다. 새로운 도시에 도착한 여행자는 본능적인 감각으로 공항 내부를 이동하고, 짐을 찾고, 택시를 잡거나 도심까지 열차를 타고, 신용카드로 요금을 지불하고, 호텔에 체크인하고, 편안한 킹사이즈 침대에 누워 BBC 뉴스를 볼 수 있다.

점점 세계화되는 이 세상에서 비장소는 강력한 기능을 수행한다. 사람들이 갈수록 긴밀하게 연결되며 서로에게 의존할수록 거리와 차이를 극복할 방법도 더 많이 알아내야 한다. 현재 우리는 스크린 터치 한 번으로 세계 반대편에 있는 사람에게 가닿을 수 있다. 오제의 지적처럼 오늘날 핸드폰은 TV이자 카메라, 컴퓨터, 음악 재생기로 기능하는데, 이 말은 곧 사람들이 "인접한 물리적 환경에서 완전히 독립된 지적·음악적·시각적 환경을 꾸리고 그 안에서 다소 기이한 삶을 살아갈" 수 있다는 의미다.[1] 이처럼 우리의 정신조차도 점점 장소성이 사라지고 있다.

그러나 이러한 편의에는 부작용이 따른다. 세상이 자기 손바닥 안에 있다보니 우리는 더이상 인류학적 차이에 내포된 풍부한 복잡성에 직면할 필요가 없어졌다. 인간의 경험은 어떤 면에서 전보다 더 납작해졌다. 골치 아픈 뜻밖의 요소보다 효율과 예측 가능성이 더 중요하다. 외국에 가도 사소한 불편과 약간의 곤란은 있을지언정 정말로 큰 차질을 겪는 경우는 드물다.[2] 또한 전 세계 어딜 가든 그곳 주민들과 준거 체계를 어느 정도 공유할 확률이 높다. 사하라사막에 갔을 때 가이드와 대화를 나누다 그가 전날 밤 MTV에서 본 프로그램 이야기를 했다. 현대 생활은 좋든 싫든 지방 고유의 것을 희생하고 세계적인 것을 우선하라고

　　　　　　　　　　　　　　　청바지

인간을 설득한다.

공항과 슈퍼마켓, 쇼핑몰, 도로가 현대 비장소의 완벽한 사례라면 청바지를 비의류의 완벽한 사례로 이해해도 무방할 것이다. 지난 수십 년간 청바지는 전 세계적 의복이 되어 가지각색의 맥락에서 가지각색의 사람들에게 착용되었다. 청바지는 역사가 풍부한데도 시대와 장소를 초월하며 오로지 기능만 있는, 그리 대수롭지 않은 옷이라는 가면을 쓰고 있다. 청바지는 너무 흔해서 지구에 사는 대다수 인류가 청바지를 입는 것이 자신의 선택이라고도 생각하지 않는다. 청바지는 전 세계의 표준 복장이 되었다.

어디에서나

1992년, 말레이시아의 팝/힙합 그룹 KRU가 데뷔 앨범 〈Canggih〉(세련되었다는 의미)를 발매했다. 이 그룹은 그 이후로 20년간 말레이시아 역사에서 대표적인 밴드 중 하나가 되었으나 이들의 성공은 결코 필연이 아니었다. KRU의 가사는 대부분 말레이어로 쓰였지만 이 밴드가 곡을 쓰고 옷을 입는 감성은 말레이시아의 문화적 정취와 뚜렷하게 달랐기에 보수적인 대중에게 잘 받아들여지지 않았다. KRU를 반대하는 사람들은 도덕성을 잃은 게 아니고서야 어떻게 미국 힙합을 그렇게 많이 차용할 수 있냐고 주장했다. 〈Canggih〉에 수록된 열두 곡 중 열한 곡이 "부도덕한 서구 문화"를 조장한다는 이유로 정부 소유의 라디오 방송국에서 송출 금지되었고, KRU의 콘서트는 여러 정치 지도자들이 이의를 제기하면서 도중에 중단되었다.[3]

그러나 밴드는 꾸준히 활동을 이어갔고 1995년에 세 번째 정규 앨범 〈Awas Da' Soundtrack〉(경고

  청바지

사운드트랙이라는 의미)를 발매했다. 〈Negatif〉라는 곡에서 KRU는 단 하나의 문화적 준거만 따라야 한다고 주장하는 비평가들의 위선을 맹렬히 비난했다. KRU가 보기에 이 문제는 동서양의 갈등이 아닌 신세대와 기성세대 간의 갈등이었다. 이 밴드는 새로운 것을 시도하고 입고 말하고 싶은 욕망이 도덕적 타락을 나타내는 것은 아니라고 주장했다. 이러한 욕망은 그저 변화하는 시대와 취향을 나타낼 뿐이었다. KRU는 코러스에서 이렇게 요구했다. "내 청바지 좀 내버려둬."

KRU를 비판하던 사람들의 입장을 설명하자면, 청바지가 처음 아시아에 들어왔을 때는 그 노골적인 미국스러움이 가장 큰 셀링 포인트였다. 일본에서 청바지는 지판, 즉 G.I. 팬츠라고 불렸는데, 청바지가 미군들의 사복에서 너무나도 큰 비중을 차지했기 때문이다. 연합군이 일본을 점령한 1945~1952년, 미군들은 종종 성 노동자에게 돈 대신 낡은 옷을 지불했다. 여성들은 옷을 중고 매장에 팔았고, 가게들은 군복과 미국식 의복을 팔아 쏠쏠한 이익을 낼 수 있다는 사실을 알게 됐다.[4] 당시 도쿄에서 전통 규범과 부모의 권위에서 벗어나는 빠른 방법 중 하나는 교복을 벗어던지고 세련된 미국 의류를 입는 것이었다. 스크린에서 데님을 걸치고 어슬렁거리는 할리우드 스타들을 본 일본 청년들은 무심한 미국 스타일을 동경했다. 미국에서 그랬듯 청바지를 입은 일본 청년들도 순식간에 비행청소년이라는 평판을 얻었지만, 청년들은 그러거나 말거나 계속해서 신나게 청바지를 사들였다.[5]

1950년 무렵에 지판은 인기가 너무 많아서 소매업자가 수요를 따라잡지 못할 정도였다. 매장은 청바지 한 벌을 팔아서 열 배의 수익을 얻었고, 바지는 직원이 가격표를 미처 붙일 새도 없이 순식간에 팔려나갔다. 이렇게 가격이 비싸다는 것은

　　　　　　　청바지

오로지 젊은 배우들과 부유한 예술가, 부잣집에
서 태어난 반항적인 십대만이 청바지를 구매할 수
있다는 뜻이었다. 청바지는 곧 부유함과 서구적
가치라는 독특한 조합을 의미하는 지위의 상징이
되었다. 심지어 거침없는 정치인이었던 시라스 지
로 같은 엘리트들도 리바이스를 입고 사진을 찍었
다. 일본 패션 전문가 W. 데이비드 마크스가 설명
하듯 청바지는 "특권층만 입을 수 있는 귀한 옷인
동시에 암시장이라는 저속한 함의를 지닌" 양극
단의 정체성을 띠었다.[6] 청바지는 금단의 열매였
고, 죄는 그 매력의 일부였다.

청바지는 미국과 유럽, 아시아 등 퍼져나가는
곳마다 관습을 거스르는 반항적인 옷으로 주목받
았다. 그러나 시간이 지나면서 청바지는 점차 흔
해졌다. 전후에 제조업이 급성장하고 세계무역이
재개되자 데님을 갈구하는 젊은이들은 자신이 원
하는 디자인을 손쉽게 구할 수 있게 되었다. 청바
지는 널리 보급되면서 보편화되었고, 그러면서
미국스러움이 사라지기 시작했다. 연합군의 점령
이 끝나자 일본 청년들이 전처럼 미국인이나 미

국 문화를 직접 경험할 기회는 많지 않았지만 그럼
에도 그들은 여전히 청바지에 몰려들었다. 그 이
유는 미국인이 되고 싶어서가 아니라 다른 일본인
친구들처럼 되고 싶어서였다.[7] 청바지가 시장에
본격적으로 쏟아지기 시작할 무렵 미국 영화나 군
인, 전문 양품점은 청바지와 아무 관련이 없었다.
청바지는 어디에서나 구할 수 있었고, 그건 청바
지가 다른 의복만큼이나 일본스러워졌다는 뜻이
었다.

전 세계 여러 국가에서 이와 비슷한 전개가 펼
쳐지면서 청바지는 미국 고유의 것이라는 특수성
을 잃고 세계에서 가장 익숙한 의류 아이템이라는
명성을 얻었다. 오늘날 많은 사람이 청바지를 특
정 문화와 상관없는 의복으로 여기며, 이는 청바

지를 자주 입지 않는 지역에서도 마찬가지다. 인도 칸누르에서는 성인의 겨우 5퍼센트만 공공장소에서 청바지를 입는다. 그러나 인류학자 대니얼 밀러는 자신과 대화를 나눈 칸누르 주민 대다수가 청바지를 인도의 옷으로 여긴다는 사실을 확인했다. 청바지를 미국과 관련짓는 사람은 극소수였고, 그 드문 사람 중 다수가 미국에 친척이 있었다.[8] 칸누르 주민이 청바지를 잘 입지 않는 것은 미국 문화에 대한 저항과 아무 관련이 없다. 청바지가 그 지역에 나타났을 무렵에는 이미 문화적 특수성을 잃은 상태였다.

KRU가 〈Negatif〉를 발표한 1995년, 청바지는 말레이시아에서 이미 "비의류"가 되어가는 중이었지만 아직 그 위치에 도달한 것은 아니었다. KRU를 비난하는 이들에게 청바지는 여전히 퇴폐적이고 부도덕한 서구의 상징이었지만 KRU와 그 또래에게는 그저 개인적 스타일의 표현일 뿐이었다. 젊은이들이 보기에 데님이 서구의 것이라는 비난은 터무니없었다. 청바지는 그냥 청바지였으니까.

KRU가 청바지를 입는 것으로 서구의 가치를 높게 평가하려던 건 아닐지 몰라도 의상 선택에 아무런 정치적 의미가 없었다는 말은 사실이 아니었다. 정말로 청바지가 단순히 고른 의상에 불과했다면 (그 이상도 이하도 아니었다면) 그렇게 강력한 상징성을 발휘할 수 없었을 것이다. 청바지를 언급한 〈Negatif〉 속 가사 한 줄은 엄청나게 무거운 상징성을 띠었다. KRU는 "말레이시아의 것이 아닌 옷을 내 마음대로 입게 해줘"라거나 "그 옷이 미국산이든 유럽산이든 다른 어디 산이든 나는 내가 원하는 옷을 입을 권리가 있어"라고 말할 필요가 없었다. 그저 "청바지"라는 단어를 넣는 것만으로 의미가 분명하게 전달됐다. 청바지는 열린 마음과 비장소성의 완벽한 상징이었다. KRU가 보

  청바지

수적인 말레이시아 사람들에게 청바지를 그만 걱정하라고 말한 건 사실 "내 개인적인 선택에 이래라저래라 하지 마. 우리는 지금 세계화된 세상에 살고 있어"라는 의미였다. 청바지는 더이상 미국적 가치의 상징이 아니었다. 더 거대한 세계 문화의 상징이었다.

전 세계 사람들은 경제적으로 더욱 긴밀하게 연결되는 만큼 문화적으로도 가까워지고 있으며, 청바지는 우리를 탄탄하게 묶는 실 중 하나다. 청바지만큼 어디에서나 인기 있는 옷은 없다. 청바지는 고립된 산간벽지까지 진출했고, 인종과 신념, 젠더를 가리지 않고 모두에게 사랑받는다. 청바지는 멈추기를 거부하는 옷이다. 청바지 판매량은 매년 급속도로 성장하고 있다. 2013년에서 2018년 사이에 전 세계 청바지 시장은 8.9퍼센트 성장했고 라틴아메리카와 아시아, 아프리카에서 가장 빠른 성장세를 보였다.[9] 멕시코에서는 소비자의 98퍼센트가 청바지를 최소 한 벌 이상 보유하고 있으며 거의 4명 중 1명이 매일매일 청바지를 입는다고 말한다.[10] 중국의 청바지 구입비는

2024년까지 14퍼센트 증가하여 무려 134억 달러에 이를 것으로 예상된다. (미국 시장의 예상 성장률이 4퍼센트임을 고려하면 엄청난 증가세다.[11])

청바지의 인기는 과거에 청바지를 멀리하던 국가들에서도 점점 커지고 있다. 인도는 청바지를 택하는 비율이 전 세계에서 가장 낮은 국가지만 2021년 조사에서 인도인 40퍼센트 이상이 데님 착용을 "좋아한다"라거나 "즐긴다"라고 말했다.[12] 심지어 성인의 겨우 5퍼센트만이 공공장소에서 청바지를 입는 인도 칸누르에서도 남몰래 청바지를 입는 사람들의 비율이 늘고 있다. 예를 들면 결혼하지 않은 칸누르의 십대 소녀 거의 모두가 청바지를 가지고는 있지만 오로지 여행할 때만 입는다고 말했다.[13] 청바지는 인도의 대중문화와 오락물에도 파고들었다. 발리우드 영화 속 주인공들이 어찌나 꼬박꼬박 청바지를 입는지, 한 의상팀 보조는 "여성 배우를 포함해서 배우에게 청바지를 한 번도 입히지 않은 영화를 단 하나도 떠올릴 수 없다"라고 말했다.[14]

청바지는 산업자본주의의 전 세계적인 성장 덕분에 수많은 국가에 매끄럽게 녹아들었다. 대량생산으로 청바지의 제조원가가 낮아지면서 다양한 가격대의 청바지를 적절한 가격에 구매할 수 있게 되었을 뿐만 아니라 청바지가 좋은 옷이라는 사람들의 인식도 함께 높아졌다. 세계에서 큰 데님 제조사 중 하나인 아르빈드는 인도 아마다바드에 본사를 두고 있다. 아르빈드는 리와 토미 힐피거, 캘빈클라인, 갭 같은 세계적인 브랜드에 데님을 공급하며 광범위한 마케팅과 제휴로 세계시장뿐만 아니라 인도 시장 내에서도 청바지의 인지도를 높이는 데 기여한다.

아르빈드는 인도 내에서 3만 명 이상을 고용하고 있으며 국내 고용을 더욱 확대할 계획이다.[15] 어떤 사람이 특정 의복을 생산하면서 생계를 꾸린다면, 그리 대단한 상상력을 발휘하지 않아도 그 사람이 해당 옷을 입기 시작할 가능성이 높다는 사실을 깨달을 수 있다. 그 옷이 저렴하고 오래가며 고된 노동에 적합하기로 유명하다면 더더욱 그렇다. 그 사람의 가족과 친구도 아마 입기 시작할 것이고, 오래지 않아 그 옷은 평범한 생활의 일부가 될 것이다.

아르빈드는 청바지 업계의 거물이지만 데님으로 돈을 버는 유일한 회사는 분명 아니다. 타이완의 의류 제조업체 루싱 같은 다른 회사들도 전 세계 곳곳에서 공장을 운영한다. 멕시코, 캄보디아, 미얀마, 탄자니아, 방글라데시, 니카라과, 파키스탄, 브라질, 중국 모두 청바지 생산의 중심지가 되고 있다. 생산이 세계화될수록 제품 자체도 전 세

청바지

계로 확산된다. 초거대 데님 산업은 반질반질하게 기름칠되어 저 혼자 씽씽 돌아가는 자동기계다.

언제나

청바지 매장에 들어가면 어디든 부담스러울 만큼 다양한 선택지를 만나게 된다. 일자바지, 스키니진, 커비curvy 진, 통바지, 데미부츠, 플레어 중 무엇이 마음에 드는가? 가공 형식 역시 다양하고, 어떤 스타일은 역사의 특정 시기에 대한 강렬한 추억을 불러일으킨다. 애시드워싱 진을 보면 1980년대가 떠오르고, 넓게 퍼지는 나팔바지의 곡선을 보면 자유연애와 히피로 가득했던 여름이 떠오른다. 그러나 왜인지 청바지는 끝없이 이어지는 시간의 흐름을 마법처럼 비껴가는 듯 보인다. 패션잡지와 대중문화는 청바지가 절대 유행에 뒤처지지 않는 핵심 아이템이라는 생각을 강화한다. 디자이너들은 좋은 청바지 한 벌은 평생 입을 수 있으므로 큰돈을 투자할 가치가 있다고 주장하며

높아진 가격을 합리화한다. '클래식'과 '청바지'
라는 단어는 '클래식'과 '코카콜라'처럼 자연스
럽게 어울린다.

 청바지는 유행을 타지 않는다는 인식이 특히 아
이러니한 것은 데님의 유행 속도가 갈수록 빨라지
고 있기 때문이다. 현재 가장 유행하는 청바지 스
타일이 무엇이냐고 물으면 슬림 레그, 스키니 레
그, 와이드 레그, 배기, 피티드fitted, 하이웨이스
트, 로슬렁 등 사람에 따라 대답이 천차만별일 것
이다. 한 패션잡지에서 유행이 끝났다고 말하는
스타일을 다른 잡지에서는 최신 유행이라고 소개
한다. 선택지는 끝이 없으며, 지배적인 트렌드가
아예 없다는 것이 최근 몇 년간의 뚜렷한 트렌드
인 것 같다. 헤일리 나먼이 〈뉴욕타임스〉에서 지

                              청바지

적했듯이, "요즘은 새로운 스타일이 아찔할 만큼 빠른 속도로 등장하고 재활용된다. 그 속도가 너무 빨라서 때로는 변화가 없는 것처럼 느껴질 정도다. 색색의 무지개 바퀴를 빨리 돌리면 그냥 갈색으로 보이는 것처럼 말이다. 모든 스타일이 최신 유행이다."[16] 유행 주기는 사실상 존재하지 않는 수준으로 압축되었다.

어쩌면 그런 면에서 청바지는 정말로 유행을 타지 않는지도 모른다. 모든 것이 최신 유행이라면 무엇도 구식이 아니다. 우리는 70년대와 80년대, 90년대, 2000년대의 스타일을 동시에 되살려 내 수십 년 치의 패션을 한순간으로 압축했다. 청바지 스타일은 더이상 특정 시기에 국한되지 않는다. 이제 청바지는 미쳐 날뛰며 끝없이 상품을 쏟아내는 자본주의 생산의 일부다. 우리가 30년 뒤에 현재 시기를 되돌아본다면 오늘날 패션의 가장 뚜렷한 특징은 구체적인 스타일이 아닌 절대적 다양성과 풍성함일 것이다.

소비자들은 더이상 패션잡지나 동네 쇼핑몰에 보이는 청바지만 고르지 않는다. 사람들은 인터넷이라는 광활한 패션의 바다로 청바지를 낚으러 간다. 타깃 광고는 소비자를 극도로 특수한 틈새 시장으로 나누고, 인플루언서는 몇 초 만에 패션의 방향을 바꿀 수 있으며, 의류 소매업체는 어느 때보다 다양한 선택지를 제공한다. 이 글을 쓰는 지금 ASOS 웹 사이트에서 "청바지"를 검색하면 6,200개 이상의 결과물이 뜬다. 우리가 단 한 벌의 데님을 꿈꾼다면 그 데님도 찾을 수 있을 것이다.

이처럼 지배적인 유행이 사라진 현상은 그간 "개인적 스타일"의 부상이라고 묘사되었으며, 이로써 소비자에게 자기 개성을 표현할 새로운 가능성이 생겼다고들 말한다.[17] 그러나 나먼의 기사에서 드러나듯 개인적 스타일이 생각만큼 좋지만은 않을 수도 있다. 패션 트렌드가 사람들이 공유하는 의미나 가치를 드러낸다면, 이처럼 개인주의적인 패션은 오늘날의 세계에 대해 무엇을 말해줄까? 우리가 더 원자화되어 집단이 아닌 자기 자신에 더 집중하게 된 걸까? 대량생산과 산업에 자기표현의 열쇠가 있다고 믿게 된 걸까? "다다익선" 정신이 환경을 파괴할지언정 개인적으로는 이득이라고 판단하게 된 걸까?[18] 이 질문에 단순히 예스나 노로 대답하기는 어려울지 모르지만, 역사가 니얼 퍼거슨의 다음 발언에는 어딘가 의미심장한 면이 있다. "대량 소비주의와 그 안에 내포된 획일화가 만연한 개인주의와 손잡을 수 있다는 생각은 서구 문명이 부린 가장 영리한 속임수 중 하나였다."[19]

"속임수"는 청바지가 유행을 타지 않는다는 통념을 설명할 가장 적절한 단어일지도 모른다. 빛을 사용한 속임수나 시선 돌리기를 이용한 마술을 본 것처럼 우리는 청바지가 영원하다는 주장에 넘어갔다. 그리고 청바지가 언제나 우리 곁에 있었고 앞으로도 영원히 우리 곁에 있을 거라고 생각한다. 그러나 앞에서 살펴봤듯이 청바지의 역사는 그리 길지 않다. 청바지는 최초의 자동차와 비슷한 무렵에 발명되었지만 진공청소기와 자동 세탁기가 미국 가정을 장악하고도 한참이 지난 반세기 이후에야 문화적 전성기를 맞이했다. 그럼에도 불과 몇십 년 만에 청바지는 글로벌 패션의 필수 요소가 되어 우리 옷장에 청바지가 없던 시절을 기억조차 할 수 없는 지경까지 이르렀다.

이 사실은 오히려 우리의 집단 기억이 얼마나 짧은지 보여주는 증거다. 사람들이 당연하게 시대를 초월하는 발명품으로 여기는 많은 것이 넓은 관점에서 보면 사실 놀라울 만큼 새롭다. 우리 일상에 자리잡은 사물은 빠르게 역사를 잃고 영구하다는 분위기를 풍기기 시작한다. 그 사물은 우리가 자주 쓸수록 더 익숙해진다. 결국 언제나 우리

　　　　　　　　　　청바지

곁에 있었다고 느껴질 만큼. 스마트폰이 없는 삶을 상상하기 힘든 것처럼(내 삶의 절반 이상을 스마트폰 없이 살았는데도) 청바지가 없는 세계도 상상하기 어렵다.

내 생각에 청바지의 이 영원한 느낌은 어느 정도 소재 자체에서 나오는 것 같다. 데님과 진은 거의 동의어가 되었고, 데님은 오래 입도록 만들어졌다. 데님은 수백 번의 세탁을 견뎌내며 시간이 갈수록 몸에 더욱 잘 맞는다. 흙먼지와 연장, 기름, 가시덤불, 소떼를 버텨낸다. 데님은 거의 영원히 입을 수 있도록 고안된 두껍고 오래가는 직물이다. 무적의 직물. 불멸하는 직물. 의류계의 뱀파이어. 아마 이러한 이유로 청바지가 흔한 여가복이 된 후에도 내구성이 좋다는 명성을 잃지 않았을 것이다. 우리가 일자 청바지를 구매하든 부츠컷을 구매하든 결과는 같다. 청바지는 데님으로 만들어졌기 때문에 오래 유지되었다. 디자인의 유행은 오래가지 않을지언정, 바지 자체는 오래갈 것이었다.

그럼에도 오늘날 선택지가 얼마나 급증했는지

를 볼 때 우리는 한번쯤 청바지의 정의가 무엇인지 생각해봐야 한다. 데님 원단은 초기에 청바지를 규정한 특징 중 하나였으나 폴리에스터와 엘라스테인, 라이크라 같은 합성섬유가 등장하면서 청바지 구매 환경이 완전히 달라졌다. 소비자, 그중에서도 특히 미국의 소비자는 신축성 있는 청바지를 두드러지게 선호한다. 가공하지 않은 생지 데님으로 만들어진 청바지는 길들이는 시기가 필요한데, 많은 소비자가 즉각 편안함을 느끼고 싶어한다. 2009년, 최강의 신축성을 자랑하는 제깅스가 시장에 출시되자 판매량이 급등했다. 그리고 2011년과 2017년 사이에 미국에서 신축성이 좋은 혼방 데님 청바지의 비율이 44퍼센트에서 75퍼센트로 증가했다.[20] 전 세계의 쇼핑객은

청바지

여전히 면으로 된 청바지를 선호하지만 이제 생지 데님은 더이상 청바지의 필수 요소가 아니다.[21]

순수한 능직물이 청바지의 항구적 요소가 아니라면, 상징적인 파란색은 어떨까? 어쨌거나 청바지라는 이름에도 파란색이 들어 있지 않은가. 그러나 오늘날 청바지는 색상과 패턴이 다종다양하다. 흰색과 검은색, 캐러멜, 올리브처럼 비교적 중립적인 색상도 있지만 가장 상징적인 브랜드까지도 일곱 색깔 무지갯빛 청바지를 판매한다. 얼룩말 무늬 청바지, 체크무늬 청바지, 공룡 프린트가 있는 하이웨이스트 청바지? 구글 검색 한 번으로 전부 찾을 수 있다. 파란색은 여전히 청바지의 상징적인 색상일지 몰라도 필수 특징은 아니다.

"청바지"라는 단어의 가장 근본주의적인 해석(인디고블루 색상의 두툼한 면직물로 만든 것)을 고수한다면, 시장에 나와 있는 수천 가지의 대안적 선택지에 비해 진정한 청바지는 수가 훨씬 적다. 그렇다면 청바지를 청바지로 만드는 요인은 과연 무엇일까? 누군가는 여러 기준 중 하나만 충족해도 충분하다고 생각할지 모른다. 검은색 데님 바지도 청바지이고, 폴리에스터 혼방으로 만든 파란 바지도 청바지라는 것이다. 그러나 인터넷 쇼핑몰을 한 번만 훑어봐도 진이라는 단어가 훨씬 유연하게 쓰인다는 사실을 알 수 있다. 주름잡힌 연보라색 코듀로이 바지는 "울트라 와이드 진"으로 위장중이고, 반투명한 폴리우레탄 "진"은 착용자의 은밀한 비밀을 드러내며, 바지 양옆을 터서 끈으로 엮은 남성용 레이스업 고무 "진"도 틀림없이 존재하는 상품이다.[22] 다리나 엉덩이, 가랑이 부분이 없는 무수한 선택지를 고려하면 엄밀히 말해서 진은 바지일 필요조차 없다.

대다수 사람은 "진"이 무엇을 의미하는지 직감적으로 아는 듯 보이고, 이 무수한 변형 때문에 패션 업계가 혼란에 빠지지도 않았다. 바로 그것이 청바지의 흥미로운 점이다. 청바지라는 단어는 의미가 점점 확장되어 초기에 청바지를 정의하던 특징이 하나도 없는 옷을 비롯해 별의별 다양한 의류까지 포괄하게 되었다. 여기서 청바지를 향한 문화적 애착이 역사를 지닌 의복 자체보다는 청바지라는 일반적 개념, 즉 착용자의 필요에 맞는 캐주얼하고 편안한 옷을 향한 것이라는 사실이 드러난다. 어쩌면 바로 이것이 청바지가 유행을 초월하는 진짜 이유일지도 모른다. 개별 스타일은 진화할지 몰라도 전체 범주와 그 의미는 영원히 지속된다.

매일매일

청바지가 드물게 이목을 끄는 경우가 있다. 2001년, 브리트니 스피어스와 저스틴 팀버레이크가 정장 차림이 요구되는 아메리칸 뮤직 어워즈에 머리끝부터 발끝까지 데님을 두르고 나타났다. 두 사람의 뻔뻔스러운 반항이 어찌나 큰 파장을 일으켰는

지, 20년 뒤 저스틴 팀버레이크는 데님으로 스포
트라이트를 받았던 그 순간이 인터넷에서 부디 잊
히기를 바란다고 하소연하기까지 했다.[23] 그러
나 대다수 사람은 레드 카펫의 관례에 정면으로
대항할 기회는커녕 레드 카펫을 걸어볼 기회조차
없다. 일상에서 데님을 입었다고 과도한 관심을
끄는 일은 좀처럼 없다.

오히려 사람들은 가끔 데님을 입지 않아서 눈에
띈다. 청바지가 너무 흔한 옷이 되어서 때로는 청
바지를 입지 않는 것이 급진적인 행동으로 보이기
도 한다. 나는 이십대 내내 청바지보다 드레스를
선호했고, "왜 그렇게 차려입어?"라는 질문을 놀
라울 만큼 많이 받았다. 결국 청바지를 한 벌 샀고,
내 옷차림에 대한 평가는 즉시 사라졌다. 눈에 띄

　　　　　　　　　　　　　　청바지

지 않으려고 일부러 청바지를 산 것은 아니었지만 돌이켜 생각해보면 약간의 익명성은 그리 나쁘지 않았다.

청바지가 우리의 옷장에 상주하는 이유는 청바지가 우리를 드러내는 만큼 가려주기 때문이기도 하다. 시선을 끌지 않고 돌아다니며 무사히 하루를 보내고 싶을 때 청바지는 믿을 만한 좋은 선택지다. 청바지가 주는 편안함과 획일성은 현대사회에서 귀하다. 경영 이론가들은 아찔할 만큼 빠른 속도로 움직이는 삶의 정신없는 특성을 깔끔하게 설명하기 위해 줄임말까지 만들었다. 그 줄임말은 바로 변동성volatility, 불확실성uncertainty, 복잡성complexity, 모호성ambiguity의 앞 글자를 딴 VUCA다. 이처럼 미쳐 돌아가는 환경에서 인간은 루틴과 안정성을 지킬 수단이 필요하다. 세계의 인프라는 비장소를 통해 예측 가능하고 안정적인 소통을 제공한다. 자동차는 언제나 주차장의 선 안쪽으로 움직인다. 병원에는 언제나 이런저런 형태의 응급 의료 센터가 있다. 비행기는 언제나 이름이 명확히 표기된 게이트에서 이륙한다. 의류의 세계에서 청바지는 이처럼 방향잡이 역할을 한다. 패스트 패션이 상상할 수 있는 모든 조합으로 각종 색상과 컷, 스타일을 소비자에게 쏟아내는 가운데, 청바지는 옷장에서 언제나 '비의류'로 남는다. 세상이 번개처럼 빠른 속도로 돌아갈지라도, 청바지는 우리의 방향을 잡아주고 우리를 하나로 묶어준다.

철학자이자 사회학자인 게오르크 지멜은 청바지의 위세를 직접 목격할 만큼 오래 살진 않았지만 청바지가 현대 소비자의 옷장에서 수행할 역할을 날카롭게 예측했다. 지멜은 "패션은 오로지 변화에만 관심이 있"지만 어떤 의복은 끝없는 변화의 사이클을 넘어선다고 설명했다. 이러한 소위 "클래식한" 옷들은 "평온한 느낌을 주며 변형과

혼란, 균형의 파괴에 저항한다"라고 설명했다.[24] 지멜이 판단하기에 (청바지처럼) 클래식한 사물은 허리케인의 눈처럼 기능한다. 그런 사물들은 정지해 있는 하나의 점이다. 모두가 동의하며 확신을 품고 입을 수 있는 옷. 청바지는 차려입은 옷일 수도, 편안한 옷일 수도 있다. 집에서도, 교회에서도, 세련된 레스토랑에서도 입을 수 있다. 스티브 잡스가 청바지 차림으로 아이팟과 아이폰, 아이패드 출시를 발표하며 보여주었듯이 전 세계를 사로잡는 복장이 될 수도 있다.

어떤 면에서 청바지는 다시 원점으로 돌아온 셈이다. 평범한 작업복에서 시작된 옷이 한 바퀴를 빙 돌아 다시 평범한 근무복이 된 것이다. 심지어 오로지 정장과 치마만 허용되었던 분야에서도 이제 청바지를 입을 수 있다. 1950년대에 휼렛 패커드는 '블루 스카이 데이즈'라는 금요일 친목 모임을 도입하기 시작했다. 이날 직원들은 편안한 옷차림으로 동료들과 새로운 아이디어를 논의했고 맥주 파티로 하루를 마무리했다.[25] 훗날 '캐주얼 프라이데이'라는 이름으로 알려진 이와 유사한

사례들도 서서히 등장하기 시작했다. 1962년에
는 하와이 패션 조합이 하와이의 전통 셔츠를 기
본 출근 복장으로 만들자는 '해방 작전' 캠페인을
실시했고, 몇 년 뒤 알로하 프라이데이가 하와이
직장의 주간 행사로 자리잡았다.[26]

그러나 캐주얼 프라이데이의 개념은 1990년대
에야 미국 전역에 퍼지기 시작했다. 당시 기업들
은 급료 인상 없이 직원들의 사기를 북돋우려 했
다. 직원들이 양복과 넥타이를 벗어던질 기회가
생기자 비즈니스 캐주얼이라는 새로운 의류 산업
이 생겨났다. 리바이스는 카키색 바지를 "비즈-
캐즈biz-cas"의 대표적 옷차림으로 광고해 자사 브
랜드 도커스의 사업을 확장하는 한편 "청바지도
블레이저나 스웨터와 함께 입을 수 있다"라고 제

안했다.[27] 현재 미국 기업의 50퍼센트가 매일 캐주얼한 출근 복장을 허용하며, 소비자의 62퍼센트가 일주일에 최소 세 번 데님을 입고 직장에 간다고 응답했다.[28]

청바지가 이렇게 건전한 옷이 된 가장 큰 이유는 바로 편안함에 있다. 직장에 가든, 집에 있든, 밤에 시내로 놀러 나가든, 청바지를 입으면 몸을 자유롭게 움직일 수 있다. 청바지의 원단인 데님은 통기성이 좋아 정장 바지보다 열이 잘 빠져나가고, 능직 면은 시간이 흐를수록 더 부드러워진다. 또한 청바지는 얼룩이 잘 드러나지 않아 이동하면서 빠르게 식사를 해결하기에도 좋다. 물론 청바지가 추리닝이나 레깅스만큼 편하지는 않지만 신축성이 좋은 데님까지 포함하면 잠옷이나 운동복의 영역으로 빠지지 않으면서도 그에 준하는 편안함을 제공한다. 청바지는 편안함과 품격 사이의 아슬아슬한 경계에 있다.

사람들이 편안한 옷에 이끌리는 현상이 자연스러워 보일 수도 있지만 소비자가 늘 편안함만을 중시해온 것은 아니다. 근대 이전 사람들은 종종 유용성과 다기능성, 과시 같은 다른 가치를 오늘날 주로 추구하는 편안함이나 아늑함 같은 가치보다 더 중요하게 여겼다. 수많은 대저택에 기둥이 네 개 달린 호화로운 침대와 두툼한 짚 매트리스, 웅장한 식탁과 금욕적으로 느껴질 만큼 딱딱한 의자가 있었다. 이러한 물건들은 보기에는 아름다웠지만 아늑함의 측면에서 아쉬운 점이 많았다.

18세기가 되자 유럽과 미국에 "편안함의 시대"가 도래했다. 상류층은 당당한 자세를 뽐낼 수 있도록 제작된 딱딱한 가구를 버리고 쿠션이 있는 안락의자와 소파 같은 가구를 들였다. 부유한 주택 소유주들은 목욕탕과 낮잠 방, 교류실(친한 친구들과 함께 느긋하게 쉬는 용도의 작은 공간) 등 사생활이 완벽하게 보장되는 기능별 공간을 만들기

 청바지

시작했다.[29] 상류층 패션도 확연히 가볍고 경쾌해져 프랑스 왕 루이 14세의 제수가 왕궁 방문객들을 보고 "마치 잠옷을 입은 것 같다"라며 불만을 표하기도 했다.[30] 중산층과 하류층도 나름대로 편안함을 추구했다. 부드러운 면으로 만든 옷이 가려운 모직이나 거친 리넨으로 만든 옷보다 해방감을 주었고, 침대를 데우는 용도의 다리미나 화로 같은 난방 용품이 강인한 소작농 사이에서도 인기를 끌었다.[31]

세계 자본주의가 부상하면서 삶의 고통을 달래주겠다고 약속하는 각종 편의 용품이 사람들을 유혹했다. 새로운 가구들은 발의 피로를 풀어주겠다고 약속했고, 새 옷은 몸을 자유롭게 해줄 것이라 약속했다. 새로운 잡동사니들은 놀라움과 자유 시간, 기쁨을 더 많이 안겨주겠다고 약속했다. 대다수 노동계급은 대량생산과 산업화로 형편이 더 나빠졌지만 한편으로는 그 덕분에 작은 사치품을 구입할 수 있게 되었다. 편안함은 사회적 신분을 가리지 않고 문화적 가치로서 뿌리깊게 자리잡았다.

건축가 비톨트 립친스키는 18세기 이후로 "편

안함이 질적으로뿐만 아니라 양적으로도 변화하며 대중적인 상품이 되었다"라고 주장했다.[32] 점점 더 많은 상품이 등장해 사람들의 삶을 전보다 손쉽게 만들겠다고 공언하면서 편안함을 향한 갈망은 갈수록 격렬해졌다. 20세기 들어 각종 기술이 가정집과 일터, 사업체에 전에 없던 종류의 편의와 편리를 제공하며 혁신을 일으켰다. 전자레인지, 에어컨, 냉장고, 산간벽지까지 닿는 수돗물과 전기, 자동차, 컴퓨터, 스마트폰…… 아마 떠올릴 수 있는 모든 편의 용품이 지난 세기 동안 편안함을 더 많이 제공할 수 있도록 정교하게 개선되었을 것이다.

수많은 편의 용품을 내키는 대로 사용할 수 있게 된 사람들은 이제 단순히 외관이 좋은 물건에

 청바지

만족하지 않았다. 사람들은 느낌도 좋은 물건을 원했고, 그렇게 캐주얼한 삶을 선호하게 되었다. 엉덩이를 부풀린 치마나 야단스러운 넥타이를 걸치던 시절은 지나갔다. 여성은 코르셋을 버리고 몸을 덜 구속하는 옷을 입기 시작했고, 남성은 결국 조끼와 스리피스에 관심을 잃었다. 패션 역사학자인 디어드리 클레멘테는 비교적 최근에 캐주얼한 스타일이 부상하면서 천 년간 이어진 패션의 규칙이 힘을 잃었다고 말한다. 역사로 기록된 대부분의 시기에 부유층은 과시적 소비를 통해 말 그대로 자신의 사회 계급을 몸에 걸치고 다녔다. 부유하면 부유할수록 옷에 들어간 원단과 색상, 세공이 더 사치스러웠다.[33] 이제는 거물과 백만장자가 후드 티와 스니커즈를 걸치고, 승진을 원하는 사람들도 편안한 복장 규정을 선호하는 자신의 취향을 더 당당하게 밝히고 있다.

형식을 중시하는 기업문화가 자유를 지향하는 방향으로 바뀌자 청바지는 편안한 의복계의 새 리더로 자리매김했다. 청바지를 몸에 잘 맞게 수선하면 "나는 내 모습에 자신 있으니 권위를 뽐내려고 굳이 양복을 입지 않아도 돼"라는 의미의 세련된 외관을 연출할 수 있었다. 2009년, 〈월스트리트저널〉은 "파워 진의 거침없는 부상"을 알리며 전 세계 지도자들이 청바지를 점점 더 많이 착용하고 있다고 말했다.[34] 오늘날에는 유명한 임원들이 청바지를 입고 나타나도 그리 놀랍지 않다. 마크 저커버그는 매일 회색 티셔츠와 청바지를 입는다. 마찬가지로 구글 CEO인 순다르 피차이와 마이크로소프트 CEO인 사티아 나델라도 종종 슬림하고 스타일리시한 청바지 차림으로 공식 석상에 모습을 드러낸다. 그런다고 해도 누구도 이들의 전문성과 재능을 의심하지 않는다(적어도 청바지를 입기로 한 그들의 선택을 의심하지는 않는다). 사람들은 오히려 실리콘밸리 CEO들의 실용적이고 소박하며 자신감 있는 옷차림을 칭찬한다.

캐주얼한 생활을 선호하는 경향이 미국에서만 나타나는 것은 아니다. 2014년, 패션 전문 작가 뮤리언 캐리-캠벨은 미국인의 "캐주얼한 옷차림이 전 세계로 확산되었다"라며 개탄했다.[35] 확실히 스트리트웨어와 스포츠웨어, 애슬레저*가 지구를 잠식한 세계 자본주의에 힘입어 전 세계 매장을 가득 채우고 있다. 일본의 청년들은 하라주쿠 브랜드인 네이버후드에서 트렌디한 플란넬과 셀비지 데님을 구매하고, 스타일 좋은 브라질인은 트라이턴과 포럼을 창립한 투피 두엑의 브랜드에서 데님을 산다. 데님을 필두로 편하고 캐주얼한 의류를 향한 욕구가 전 세계로 확산되고 있다.

청바지가 국제적인 "비의류"로 이렇게 훌륭하게 자리잡은 이유는 아마 비장소와 마찬가지로 편안함에 대한 집단적 욕구를 충족하기 때문일 것이다. 그러나 누군가는 애초에 왜 그렇게들 편안함을 갈구하는지 궁금해할지도 모른다. 편안함은 확

* 일상복처럼 입는 스포츠웨어.

실히 우리 몸이 매력적으로 느끼는 요소다. 자주 입어 익숙해진 청바지가 우리 몸을 부드럽게 감싸 안는 느낌만큼 좋은 것은 별로 없다. 그러나 편안함에 대한 갈망은 그보다 더 깊다. 편안함은 우리 마음에도 크나큰 영향을 미치며 안도와 안심, 안정을 준다. 온 세상이 빠른 속도로 엉망진창 돌아갈지라도 몸만 편안하면 저 아래 숨은 평정심에 가닿을 수 있다. 몸이 편안하면 편안할수록 일상의 스트레스와 어려움을 수월하게 헤쳐나갈 수 있다.

또한 청바지를 입으면 눈에 띄고, 녹아들고, 적절한 옷을 차려입고, 올바르게 보이고, 좋은 인상을 주는 것에 대한 수많은 부담감을 피해갈 수 있다. 사람들은 청바지 덕분에 걱정을 덜고 삶을 살아갈 수 있다. 그러니 수많은 사람이 매일 청바지를 입으려 하는 것도 그리 놀라운 일이 아니다.

누구나

『돌리틀 박사 이야기』(1920)에서 세계에서 제일 유명한 수의사 돌리틀은 푸시미-풀유pushmi-pullyu 라는 이름의 환상적인 생명체를 발견한다. 가젤과 유니콘이 합쳐진 이 생명체는 마치 줄다리기를 형상화한 듯 양끝에 머리가 하나씩 달려 있다. 한쪽 머리가 잡아끌면 다른 한쪽은 따라갈 수밖에 없고, 그 반대도 마찬가지다.

게오르크 지멜은 패션이란 서로 대항하는 힘끼리 끝없이 밀고 당기는 작용이라고 설명했다. 나는 그의 설명을 읽자마자 푸시미-풀유를 떠올렸다. 한편으로 패션은 개성을 표현할 완벽한 기회를 제공한다. 우리는 푸시미 패션 정신에 고무되어 선명한 색상이나 기이한 모양새, 특이한 조합을 열렬히 추구한다. 젠더 규범이나 "좋은 취향"의 명령에서 벗어나 가장 바깥에 드러나는 옷을

201

통해 가장 내밀한 곳에 있는 욕망을 표현하고 싶어할지도 모른다. 그러나 푸시미가 전진하는 바로 그 순간 풀유의 머리, 즉 사회적 관습이 푸시미를 홱 잡아끈다. 패션은 특히 경제 수준이 비슷하거나 유사한 신념을 공유하는 사람들 사이에 통일성을 요구한다. 우리는 주변 사람이나 자신이 동경하는 사람처럼 입고 싶어한다. 진심으로 존경해서든, 난처해지기 싫어서든 말이다.

지멜은 모방이 인류 발전의 핵심 요소이며 생각이 비슷한 사람들을 서로 뭉치게 한다고 지적한다.[36] 청바지만큼 우리를 하나로 묶어주는 옷은 드물다. 당신이 어떤 사람이고 무엇을 믿든, 어디에 살고 어디 출신이든 간에 아마 옷장에 청바지 한 벌은 있을 것이다. 바로 이 점이 남아프리카공

청바지

화국의 창작자 체포 모할라 같은 디자이너들이 청바지에 그토록 매료된 이유다. 모할라는 "데님에는 인종이 없다. 데님은 전 세계를 하나로 합칠 수 있는 원단이다"라고 대담하게 선언했다.[37]

청바지는 이제 지멜이 정의한 드문 "클래식"의 지위를 얻었지만 푸시미-풀유의 역학은 여전히 상당한 영향력을 발휘중이다. 베르사체의 2019년 봄 컬렉션에 소개된 허벅지까지 오는 데님 부츠를 예로 들어보자. 이 스틸레토 부츠는 각짝마다 벨트 고리와 주머니, 가죽 벨트를 갖춘 미니어처 청바지처럼 생겼다. 종아리 위로 헐렁하게 늘어진 모습이 마치 화장실에서 청바지를 내렸다가 까먹고 다시 올리지 않은 것처럼 보인다. 수천 달러에 달하는 괴상한 신발이 대중적으로 인기를 끌 것이라고 예상한 사람은 많지 않았지만 제니퍼 로페즈처럼 유행을 선도하는 유명인이 이 부츠를 신자 풀유가 힘차게 전진하며 사회의 모방을 불러일으켰다. 모두가 대동단결하자 포에버21 같은 소매업체들이 비슷한 부츠를 자체 생산해 두 자리 숫자의 염가에 판매하기 시작했다. 이내 패셔니스

타를 꿈꾸는 사람들은 어디에서나 자신의 미니어
처 청바지 부츠를 과시할 수 있게 되었다.

이 역학은 다르게 작동하기도 한다. 엘리트 브
랜드와 초대형 소매업체가 DIY에 몰두하는 사회
의 반역자들을 모방하는 것이다. 인류학자 딕 헤
브디지를 매료시킨 것이 바로 이러한 종류의 줄다
리기였다. 헤브디지는 펑크나 모즈*, 스킨헤즈, 비
츠, 테디 보이즈†처럼 유행에 저항하던 수많은 청
년 문화 운동 스타일이 결국 개성을 잃는 이유를
설명하고자 했다. 1970년대, 영국 청년들 사이에
서 '될 대로 되어라'식 태도와 함께 모히칸 머리
와 찢어진 청바지, 옷핀, 패치를 이용한 스타일이
등장했다. 전통주의자들은 크게 충격받았고, 좌
절한 부모들은 자식의 격렬한 반항에 한탄을 금치

청바지

못했다.

이러한 하위문화는 초기에 추종자들의 일탈적 태도와 반사회적 행동으로 미디어의 관심을 끌었다. 그러나 시드 비셔스 같은 막장의 아이콘들이 대중 앞에 더 많이 등장할수록 대중도 그들에게 더 익숙해지고, 그들과 자신을 동일시하고, 어떤 면에서는 그들을 이상화했다. 의류 브랜드들은 펑크에서 잘 팔릴 만한 요소들을 뽑아 펑크에 영향받은 스타일을 대량으로 쏟아내기 시작했다. 곧 펑크스타일은 청년들의 침실과 창고에서 기업의 마케팅 부서로 자리를 옮겼다. 본래 반항의 상징이었던 펑크 패션이 주류 소매업체와 고급 패션잡지에 채택되어 상업화되기까지는 겨우 몇 년밖에 걸리지 않았다.

헤브디지에 따르면 이러한 전유의 사이클은 이례적인 사건이 아닌 자본주의에 내재한 특성이다.

* 모더니스트의 약칭으로, 세련된 현대적 패션과 음악을 추구한 하위문화.
† 에드워드 왕조 시기의 상류층 패션을 차용하던 노동 계급 청년들.

이렇게 생각해보자. 주류 문화와 소비주의는 밀접한 관련이 있다. 사람들이 트렌드와 대중매체, 유행하는 옷, 현재 통용되는 사고방식을 좇을수록 사고 싶은 물건도 더 많아진다. 그건 미니멀리스트도 마찬가지다. 곤도 마리에의 인생을 바꾸는 마법이 책장에 가득 들어찬 광경을 보라. 컨테이너 스토어에 가면 더 능률적인 삶을 약속하는 각종 수납·정리 용품을 발견하게 될 것이다.

하위문화도 소비주의에 영향을 받기는 하지만 보통 하위문화는 주류에 반대하며 등장한다. 최초의 펑크족은 엉덩이 커버와 너덜너덜할 만큼 잔뜩 찢어진 데님을 가게에서 구매하지 않았다. 그들은 가까이에서 구할 수 있는 재료를 사용했다. 쓰레기봉투와 옷핀, 베개 등 그 어떤 가정용품도 그들

　　　　　　　　　　　　청바지

의 손아귀에서 도망칠 수 없었다. 헤브디지의 설명처럼 이러한 DIY 정신이 하위문화와 잘 맞는 이유는 이 집단의 목적이 "권력을 가진 사람들과 어쩔 수 없이 이등 시민으로 사는 사람들 사이의 근본적 갈등"을 드러내는 것이기 때문이다.[38] 하위문화 스타일의 목적은 오로지 쿨하게 보이는 데 그치지 않는다. 하위문화 스타일은 이념적 기능을 수행하며 부족한 사회 권력을 보완하기도 한다. 주류에 속하지 않는 사람들은 패션으로 힘을 합쳐 목소리를 낼 수 있다.

하지만 안타깝게도 하위문화는 끝까지 권위에 저항할 기회를 좀처럼 얻지 못한다. 하위문화가 유명세를 얻자마자 자본주의가 꿀꺽 삼켜버리기 때문이다. 대중매체가 하위문화의 인지도를 높이고, 요령 있는 소매업체가 하위문화의 대표적 스타일을 상업화할 방법을 찾아낸다. 하루 동안 펑크족으로 살고 싶은 사람은 이제 더이상 고생고생하며 재킷에 징을 붙일 필요가 없다. 매장으로 달려가 바로 기성복을 구매하면 된다. 상업화가 심해질수록 하위문화가 전달하려 했던 원래의 메시지는 희석되고 한때 하나의 생활방식이나 이념, 정치적 입장을 상징했던 스타일은 단순한 겉모습으로 전락한다. 얼마 지나지 않아 하위문화가 사회질서에 제기한 모든 도전은 가격표와 캐리커처, 라디오 히트곡이 뒤섞인 유쾌한 혼합물 속으로 사라져버린다. 옷가게 핫 토픽에 가서 섹스 피스톨즈의 티셔츠(또는 런웨이에 오르는 비비안 웨스트우드의 레깅스)를 구매하는 것은 영국 왕정이 파시스트 정권이라는 신념을 지지하는 행위와는 한참 거리가 멀다.

헤브디지의 이론은 70년대와 80년대의 스타일에 주목했지만 그가 묘사한 이 포섭의 패턴은 1900년대 초반에 이미 청바지에서 드러났다. 30년대와 40년대에 반문화를 표방하는 창작자들이 청

    청바지

바지를 입기 시작했다. 50년대에는 반항적인 폭주족들이 그 뒤를 따랐고, 60년대에 청바지는 신좌파 활동가들의 의상이 되었다. 이 모든 집단이 매번 미국 중산층의 지배적 이념에 반대했고 청바지를 활용해 자신들을 주류와 구별 지었다.[39] 그러나 60년대에 영업 및 홍보 활동이 대대적으로 진행되면서 청바지의 명성이 높아졌다. 의류 브랜드와 패션잡지, 대중오락은 청바지가 노동뿐만 아니라 여가와 편안함, 안락함, 사교 활동을 위한 이상적인 옷이라고 소비자를 설득했다. 60년대가 끝날 무렵 청바지는 이미 미국 중산층에 완전히 포섭되어 전 세계로 확산되고 있었다.

청바지는 주류에 저항하는 옷에서 평준화된 옷이 되었다. 광고업자들은 청바지만큼 민주적이고 자유로우며 가식적이지 않은 옷은 없다고 주장했다.[40] 이 새로운 묘사는 특정 계층에 속하지 않는 청바지의 특성을 강조하며 활동가와 예술가, 무정부주의자들이 시도한 반문화적 도전을 깡그리 무시했다. 청바지는 애초에 인기를 얻은 이유인 저항의 분위기를 풍기지 않고 누구나 걸칠 수 있는 옷이 되었다.

청바지의 역사는 사회 권력을 향한 끝없는 전투로 이해할 수 있다. 청바지가 주류에 들어서자 개별 하위문화는 고유의 스타일을 만들기 시작했다. 그들은 자기 의사를 표현하고 데님 정신을 되찾기 위해 청바지를 표백하고 가장자리에 술을 달고 찢고 장식했다. 고급 패션은 이 거칠고 투박한 스타일을 포섭해 미리 마모시킨 청바지를 출시하는 방식으로 대응했다. 그리고 대량 판매 시장이 뒤를 따르면서 반문화적 저항의 의미로 찢어진 청바지와 자본주의의 끝없는 행진 속에서 찢어진 청바지를 아예 구분할 수 없게 되었다. 마지막으로 고급 패션은 주류 패션의 차용이 "지루하고" "촌스럽다"라며 다른 데로 관심을 돌렸다. 이 끝없는 사이클 속에서 데님 트렌드는 대담하고 전위적인 저항자들에게서 시작해 패셔니스타로, 다시 평범한 보통 사람들에게로 이어졌다.

지멜이 살아 있었다면 "내가 그럴 거라고 했잖아"라고 마음껏 내뱉을 수 있었을 것이다. 그는 100년도 더 전에 이러한 역학이 펼쳐지는 방식을 간파했기 때문이다. 지멜은 말했다. "하층 계급이 (상류층의) 스타일을 모방하기 시작하자마자 상류층은 이것을 버리고 새로운 스타일을 채택하고, 이 스타일은 다시 상류층을 대중과 구별 짓는다. 이런 식으로 게임은 명랑하게 이어진다."[41]

실제로 게임은 계속되었다. 2000년대 초반, 디자이너 청바지가 큰 인기를 끌었고 그 귀한 데님은 지위를 과시하며 사람들의 눈길을 끌었다. 스와로브스키의 크리스털 나비와 모조 다이아몬드 해골, 카고 주머니, 눈에 확 띄는 로고, 후드득 튀긴 물감, 해진 밑단, 허벅지 자수, 다리 양옆을 터서 끈으로 엮은 레이스업. 디자이너들은 화려한 청바지를 끝 간 데 없이 쏟아냈고 유명인은 그런 옷들을 가리지 않고 전부 입었다. 세븐 포 올 맨카

인드와 록 앤드 리퍼블릭, 트루 릴리전 같은 새로운 프리미엄 브랜드들이 고급 백화점에 입점했다. 장식이 들어간 청바지는 토요일 오후에 가정용 비즈 키트와 열접착 패치로 만든 결과물이 아니라 명백한 지위의 상징이었다.

그러다 다시 형세가 역전되었다. 소비자들이 어디에서나 요란한 청바지를 구매할 수 있게 되자 고급 취향은 주류의 옷장에 파고든 '저질' 스타일에서 등을 돌렸다. A.P.C. 같은 영리한 브랜드들은 자사 청바지를 질 좋은 자재로 만들어 세월의 흐름을 견디는 장인의 작품으로 포지셔닝했다. 2010년대에는 짙은 색깔에 워싱이 들어간 단순한 스키니진이 스포트라이트를 받았고, '양심적 제품'과 '지속 가능한 실천' 같은 단어가 유행했다.

오늘날에도 값비싼 청바지가 수없이 많지만 대부분은 2000년대 초반의 프리미엄 데님만큼 고급 상표를 대놓고 드러내지 않는다. 프랭크 앤드 오크나 에버레인, 메이드웰 등의 브랜드에서 만든 보다 합리적인 가격의 청바지들은 눈에 잘 띄지 않는 허리선 부분에 단순하고 소박한 상표가 달려 있으며, 올드 네이비 같은 일부 브랜드는 청바지 외부에 아예 상표를 달지 않는다. 브랜드를 알 수 없는 청바지는 단순히 용인되는 것을 넘어 유행이 되었다.

지멜과 헤브디지는 주로 계급과 관련된 패션의 진자 운동에 주목했지만 청바지의 푸시미-풀 유 역학은 지배문화의 거의 모든 요소로 확장되었다. 젠더, 인종, 섹슈얼리티, 종교. 이 모든 요소에서 특유의 왔다갔다하는 패턴이 나타났다. 예를 들어 일부 보수적인 무슬림 집단은 여성의 청바지 착용을 하람haram, 즉 금지된 행동으로 여기지만 밀레니얼 히잡스터hijabster*는 청바지와 히잡

---

* 히잡 쓴 여성이라는 뜻의 히자비와 힙스터의 합성어.

으로 패션 감각을 뽐내는 능력이 탁월하다. 이 밀고 당기는 힘은 패션 이론가들이 이미 잘 알고 있던 사실을 드러낸다. 바로 주도권을 확립하고 유지하고 확장하려는 사회집단 간의 전쟁에서 의복이 필수적인 역할을 맡는다는 사실이다.[42]

그러나 대다수의 경우 그 역할은 그리 오래가지 못한다. 패션은 모두의 주목을 받으며 위풍당당하게 나타났다가 순식간에 미디어와 시장에 포섭되고 서서히 특색을 잃는다. 마돈나의 뾰족한 콘 브라가 이제 그렇게 충격적이지 않다는 사실을 생각해보라. 누군가는 더 멀리 거슬러올라가 19세기 중반에 소란을 불러일으킨 거대한 크리놀린*을 언급할 수도 있겠다. 그러나 청바지는 여전히 좌우로 진자 운동중이다.

청바지는 보통 논란의 여지가 없고 평범하며 누구나 입을 수 있는 평등한 옷이다. 그러나 허리선이 심하게 낮은 Y2K 로우라이즈 청바지처럼 이따금 새로운 트렌드가 나타나 안주하던 대중을 흔들어 깨운다. 그런데 2017년부터는 충격적인 청바지 자체가 새로운 트렌드가 된 듯하다. 먼저 천의 일부분을 잘라낸 컷아웃 데님이 대유행했다. 비교적 얌전한 종류는 주머니 부근의 천만 잘라냈지만 구글에 '극단적인 컷아웃 진'이나 '안 보이는 청바지'를 검색하면 거의 바지라고 할 수 없을 만큼 무지막지하게 천을 잘라낸 바지들을 볼 수 있다.

그 결과 패션 디자이너와 대형 소매업체는 다음에는 얼마나 예상치 못한 부분을 잘라내는지 시합을 벌였다. 가랑이를 잘라낸 청바지와 데님 벨트(다리가 없는 청바지), "뒤에서 파티를party in the back"이라고 불리는 청바지(엉덩이 살이 접힌 부분이 드러나도록 천을 잘라낸 청바지)가 인터넷에 센세이션을 일으켰다. 비키니 하의처럼 보이는 진

* 안에 버팀 살을 넣어 커다랗게 부풀린 치마.

215

핫팬츠와 다리통을 탈부착할 수 있는 디태처블 청바지는 다리를 훤히 노출한다. 허벅지 서스펜더로 다리를 연결한 챕 청바지와 딱 이름대로 생긴 엉덩이 지퍼 청바지는 실제로 맨살을 노출하기보다는 원한다면 살을 드러낼 수도 있음을 시사한다.

이 신세대 청바지들이 항상 노골적으로 육감적이라 놀라운 것은 아니었다. 2017년에 여러 블로그에 소개된 무릎이 투명한 맘 진이나, 착용자가 게을러서 뒤집힌 바지를 그냥 입은 것처럼 보이는 언래블 프로젝트의 "인사이드 아웃" 청바지를 생각해보라. 허리통과 가랑이를 몇 개씩 겹친 더블 또는 트리플 웨이스트 청바지도 잊어선 안 된다.[43] 2022년에는 킴 카다시안과 줄리아 폭스 같은 유명인이 여러 놀라운 데님 중에서 비교적 수수한 데님을 입었는데, 바로 청바지와 부츠가 붙어 있어 바지에 잘 어울리는 신발을 따로 고르지 않아도 되는 3,000달러짜리 '팬타부츠'였다.

남성 패션이라고 과감한 컷에서 자유로운 것은 아니다. 스프레이를 뿌린 것처럼 딱 달라붙는 스프레이온 청바지는 하체의 모든 곡선을 그대로 드러내고, 스택트 청바지는 다리 길이가 상당히 길어서 천이 종아리 부근에 발 토시처럼 쌓인다. 인기 브랜드 와이프로젝트는 바지 앞섶 중 한쪽에 단추 4개가 더 달린 2022년의 비대칭 웨이스트 청바지와 한쪽이 축 늘어진 새깅 스타일 바지를 몸에 딱 붙는 청바지 위에 겹쳐 입은 듯한 "게으른 바지lazy trousers" 등 고유의 독특한 스타일로 이름을 알렸다. 리바이스와 베트멍은 이색적인 컬래버레이션을 통해 이어 붙이고, 깁고, 지퍼를 다는 식으로 기존 디자인을 재작업한 옷들을 내놓았는데 하나같이 당황스러울 만큼 비뚜름하다. 청바지는 더이상 새로울 게 없다고 확신할 때조차 혁신의 여지가 남아 있음을 보여주는 증거다.

갈수록 많아지는 '이상한 청바지'를 조롱하는

댓글들도 있지만 이러한 혁신만큼 데님의 핵심 가치에 부합하는 것은 없다. 청바지는 아주 오래전부터 저항 세력과 자유사상가, 말썽꾼들의 영역이었다. 그리고 이처럼 혁신적인 디자인들은 경계를 완전히 뛰어넘는다. 이러한 청바지 다수가 엉덩이와 등, 허벅지를 훤히 드러내며 전통적인 예의 규범을 거리낌없이 거스른다. 천을 잘라낸 디자인이 딱히 성적이지 않더라도 예상치 못한 곳에서 드러난 맨살은 어딘가 기묘한 느낌을 주며, 겹겹의 허리 밴드와 마감 처리하지 않은 밑단, 비대칭 컷, 바지와 부츠를 합친 팬타부츠도 당혹스러운 것은 마찬가지다. 이 청바지들은 앞 세대의 청바지가 부모와 학교, 정치인, 미디어를 공황에 빠뜨린 것과 같은 방식으로 사회의 기대를 무너뜨린다. 이 옷들의 느긋하고 도전적인 정신보다 더 청바지다운 것은 없다.

냉소적인 사람은 신세대 청바지가 인플루언서 문화의 절망적인 부산물이라고 말할지도 모른다. 그들의 주장대로라면 이미지가 넘쳐나는 세상에서 사람들의 관심을 끌 유일한 방법은 한 걸음 더 나아가려고 끊임없이 다투는 것뿐이며, 이러한 경쟁은 결국 터무니없는 극단에 이를 수밖에 없다. 쇼핑객들은 인플루언서를 기꺼이 모방하기 때문에 대형 소매업체들은 트렌디한 신상품으로 이윤을 낼 수 있다고 판단한다. 게다가 소매업체들은 거물이 되려면 소비자를 꾸준히 만족시킬 다양한 선택지를 제공해야 하며 그중에는 독특한 상품도 있어야 한다는 사실을 깨달았다. 톱숍과 ASOS, 쉬인처럼 '이상한 청바지'를 취급하는 소매업체가 그랬듯 독특한 상품으로 언론의 관심을 끌어모을 수 있다면 더더욱 좋다.

이러한 견해도 얼마간 진실이겠지만 그저 냉소만 하는 것은 너무 안일하다. 우리는 놀이를 갈망하는 문화를 목격하고 있다. 디자이너와 패셔니스타들은 가장 기본적인 형태의 옷을 재창조함으로써 본인이 자기 옷장에 있는 어떤 옷도 당연시하지 않는다는 사실을 보여준다. 클래식한 아이템도 실험 대상이다. 관습 따위는 중요치 않다. 모두의 삶에는 약간의 기쁨과 드라마, 활기가 필요하며, 규범을 거스르는 청바지는 세상사에 지친 쇼핑객이 갈망하는 장난스러운 태도를 그대로 구현한다. 우리는 푸시미 정신이 힘차게 달려나가는 광경을 목도중이다. 비록 주류인 풀유가 그 결과를 바라보며 경악을 금치 못하고 있지만.

아마 시대정신이 바뀌면 진자는 다시 한번 이동할 것이다. 클래식한 형태와 미니멀한 디자인이 되돌아올 것이다. 어쩌면 하위문화에서 사랑받는 생지 데님이 다음 트렌드가 될 수도 있고, 프리

사이즈 청바지가 시장을 장악할지도 모른다. 무슨 일이 벌어지든 간에 청바지는 거듭 양쪽을 오가며 진화해나가리라 예상해도 좋다. 청바지는 계속해서 우리를 위로하고 또 도발할 것이다.

청바지는 일종의 이념적 동요 상태에 놓여 있다. 청바지는 청바지를 입는 모든 사람에게 너무 큰(그리고 너무 다른) 의미를 띠며, 전 세계에서 더 보편적인 옷이 될수록 그 의미는 점점 더 다양해지고 있다. 예를 들면 2021년에 북한의 지도자 김정은은 "자본주의적 생활방식"의 상징이라며 스키니진 착용을 금지했다.[44] 청바지는 확실히 아직 강력한 문화적 상징이다. 청바지 탄생 이후 한 세기가 더 지났는데도 청바지를 둘러싼 이념 전쟁은 여전히 치열하다. 오히려 청바지는 시간이 갈수록 더욱 의미심장해졌다. 거의 모든 사람이 청바지를 알고, 입고, 원하기에 청바지의 상징적 중요성은 나날이 커져만 간다. 가장 중립적인 전쟁터, 패션계의 비장소만큼 이념적 우위를 두고 싸우기 좋은 장소가 있을까?

결론:

청바지의 역설

대학에서 프랑스의 인류학자 클로드 레비스트로스의 저작을 처음 만났을 때 나는 온통 청바지 생각뿐이었다. 그의 이름을 들으면 오로지 청바지 주머니 옆으로 삐죽 튀어나온 자그마한 빨간색 태그만 떠올랐다. 그러나 대학원을 졸업할 무렵에는 리바이스 청바지를 보면 레비스트로스와 구조 인류학을 떠올리지 않고는 못 배기는 사람이 되어 있었다. 단지 두 이름이 비슷하기 때문만은 아니었다. 지금은 그 유사성이 역사의 기발한 농담 중 하나라고 생각하긴 하지만 말이다. 클로드 레비스트로스는 자신의 이항 대립 이론으로 내게 청바지를 바라보는 새로운 방식을 알려주었다.

뜨거움과 차가움. 검은색과 하얀색. 선과 악. 남

성과 여성. 도시와 시골. 강함과 약함. 빛과 어둠. 왼쪽과 오른쪽. 선천과 후천. 이와 같은 반의어 목록은 끝없이 이어진다. 레비스트로스는 이렇게 이분법이 만연한 이유가 객관적인 현실 속에서 실제로 소금이 후추의 반대이기 때문은 아니라고 주장했다. ("그럼 우리는?" 커민과 고수를 비롯한 부엌 선반의 향신료들이 일제히 투덜대리라.) 사실은 우리의 정신 구조가 세상을 이해하기 위해 대립항을 만들어낸다는 것이다. 이러한 경향이 정신 구조에 깊이 뿌리박혀 있기에 인간은 명백한 대립항이 실제로 존재하지 않을 때도 선뜻 이분법을 적용하곤 한다. 한번 생각해보자. 짧은 것이 긴 것으로 변하는 지점은 어디인가? 뜨뜻미지근한 라떼는 언제 차가워지며, 그것은 차가운 라떼가 뜨뜻해지는

청바지

것과 어떻게 다른가? 레비스트로스의 용어로 표현해보자면, "날것"과 "익힌 것"을 가르는 경계는 처음 보이는 것만큼 그리 명백하지 않다.

인간이 세상을 범주화하는 방식을 숙고해보면 선하지도 악하지도 않고, 두툼하지도 날씬하지도 않고, 입이 떡 벌어질 만큼 매력적이지도 괴물처럼 흉측하지도 않은 사람을 즉시 여럿 떠올릴 수 있을 것이다. 우리는 매일 중간자들과 함께 살아간다. 그럼에도 여전히 우리는 단순한 대립으로 사람과 사물을 분류하며 삶의 대부분을 보낸다.

이분법적 사고는 대개 너무 환원적이지만 그 자체로 꼭 나쁜 것만은 아니다. 레비스트로스에 따르면 이분법은 인간의 모든 생각과 범주에 꼭 필요한 구성요소다. 인류는 대비를 통해 의미를 이해하기 때문에 이원적 쌍을 통해 자신이 사는 세상을 구성한다. 내가 억만장자가 부자란 걸 아는 이유는 그들이 가난하지 않기 때문이고, 최저임금 노동자가 가난하단 걸 아는 이유는 그들이 부유하지 않기 때문이다. 의미는 개별 용어가 아닌 대비에서 나온다. 이상적으로 이항 대립은 인간의 사고 자체가 아닌 시작점에 그쳐야 한다. 그러나 우리가 이분법과 이원성, 하나의 쌍, 대립항에 무척 쉽게 휘말린다는 사실은 부정하기 어렵다. 우리의 본능적 반응은 어느새 자꾸만 이런 경직된 사고방식으로 기운다. 이 사람은 친구인가 적인가? 내 첫인상은 좋은가 나쁜가? 어떤 생각이 근본적이고 즉각적이며 반응적일수록 이분법에 근거할 확률도 더 높다.

레비스트로스가 내게 이분법적 사고의 중요성을 알려줬다면, 청바지는 그 이원성이 얼마나 다채로운지 알려주었다. 어떻게 하나의 옷이 그렇게 수많은 대립적 가치를 지닐 수 있을까? 청바지는 일상복일까, 아니면 런웨이 의상일까? 평범할까, 반항적일까? 오래 입을 수 있을까, 아니면 금방 못

입게 될까? 섹시할까, 펑퍼짐할까? 남성적일까, 여성적일까? 유행을 타지 않을까, 트렌디할까? 세계적일까, 특정 지역에 한정될까? 놈코어normcore*에 속할까, 개성의 표현일까? 자유일까, 구속일까? 의미가 있을까, 없을까?

답은 단순하게도 예스다. 청바지는 저 모든 것에 해당한다. 바로 그 점에 청바지의 매력이 있다. 청바지의 이항 대립을 전부 파악해서 모순을 나란히 배치하면 청바지를 새로운 시각으로 바라볼 수 있다. 가장 기본적인 사물도 상충하는 의미들의 전쟁터가 될 수 있다는 것은 명백한 사실이다. 한 집단이 특정 방식으로 청바지를 활용할 때마다 또 다른 집단이 나타나 정반대의 방식으로 청바지를 활용한다. 이러한 진자 운동이 오랜 시간 계속되면서 청바지에 너무나 다양한 의미가 깃든 나머지 사람들은 결국 복잡하게 뒤얽힌 그 의미를 당연시하게 되었다. 우리는 수많은 의미를 품은 옷이 사

* 평범하고 눈에 띄지 않는 옷을 일부러 선택하는 패션 스타일.

실은 아무 의미도 없다는 듯 일상을 살아간다.

어떤 면에서 그러한 추정은 사실이다. 하나의 사물이 서로 상충하는 수많은 개념과 감정, 목적을 상징할 때 사물은 더이상 그 무엇도 의미하지 않게 된다. 청바지는 문화적 사물로서 누구에게나 열려 있다. 청바지는 보편적인 기표가 되었고 너무 많은 의미로 가득차서 사실상 우리 눈에 보이지 않는 지경이 되었다. 그러나 우리가 청바지를 다시 바라볼 수 있다면 참 좋을 것이다. 그동안 당연시하던 사물의 의미를 더 자주 인식할수록 그 사물이 가진 힘의 진가를 제대로 알아볼 수 있기 때문이다.

최근 나는 예상치 못한 새로운 방식으로 청바지를 다시 보게 되었다. 이 책을 쓰던 중 친할머니에

                                        청바지

게 신부전증이 와서 할머니를 호스피스에 모셔야
했다. 할머니를 찾아간 어느 날 책을 쓰고 있다고
말했더니 할머니가 눈을 반짝 빛냈다. "옛날에 블
루 버클 공장에서 일했어." 할머니가 말했다. "주
머니를 달았지." 늘 할머니와 가깝게 지냈는데도
할머니가 그 인상적인 벽돌 창고 안에서 천을 펼
치고 리벳을 박으며 몇 년을 보냈다는 사실은 전
혀 모르고 있었다. 화려한 일터는 아니었지만 할
머니는 그곳에서 일한 시간을 좋은 추억으로 간직
했다. 단조로운 노동이나 뜨거운 작업 현장 때문
이 아니라 그곳에서 만난 사람들 때문이었다. 점
심시간에 같이 장난치던 관리자와 동료, 엄마로
서의 삶과 아이들 이야기를 함께 나누던 주머니
담당자들 때문이었다.

내가 기억하는 한 할머니는 늘 화려한 보석을
좋아했고 옷을 차려입을 기회를 절대 놓치지 않았
다. 할머니가 좋아하던 의상실 이름은 "요란한 옷
입기Dressin' Gaudy"였고, 팔이 불룩한 비버 털 코트
를 특히 소중히 여겼다. 그러나 삶의 마지막 순간
에 할머니는 그러한 과도함을 거부했다. 장례식

을 어떻게 치를지 꼼꼼하게 지시했고 모두가 평상복을 입고 참석해야 한다고 몇 번이나 강조했다. 할머니는 본인의 장례식이 편안하고 간소하고 꾸밈없기를 바랐다. 사람들이 자신의 죽음을 마음 편히 받아들이고 평소처럼 자유롭게 행동하기를 바랐다. 그렇게 할머니가 마지막 안식처로 향할 때 청바지를 입은 여섯 사람이 할머니의 관을 옮겼다.

파란 천 몇 미터가 이렇게나 강렬한 정서를 자아낸다. 그러나 잠시 생각해보면 가장 평범해 보이는 사물만큼 강렬한 것은 없다. 인간에게는 평범함이 필요하다. 우리에게는 편안함과 안정감을 주는 것들이 필요하다. 모험은 짜릿하지만 우리 삶에 우리를 단단히 붙들어줄 평범한 것들이 없다

 청바지

면 중심을 잃고 흔들리기 십상일 것이다. 인간은 평범한 것들을 당연하게 여기지만 평범함은 인간 존재를 구성하는 가장 복잡한 요소 중 하나다. 모든 평범한 것에는 우리 삶을 이끄는 규범과 문화적 기대, 욕망이 소리 없이 가득 담겨 있다. 각각의 사람과 사회, 문화가 평범하게 받아들이는 것이 바로 그 사람과 사회, 문화를 규정한다. 여기서 갑자기 우리는 레비스트로스의 혼란스러운 이항 대립으로 되돌아간다. 가장 평범한 사물에 특별한 의미가 생기는 지점은 어디일까?

청바지보다 더 평범한 사물은 별로 없는 것 같다. 원론적인 의미에서 청바지는 데님으로 만든 다리통 두 개와 가랑이 부분을 이어붙인 것에 불과하다. 그러나 그 안에 수많은 의미가 담겨 있다. 청바지는 우리에게 역사의 좋은 측면과 나쁜 측면을 보여준다. 신념과 인종, 문화, 젠더, 계층이 다양한 사람들이 지배와 종속 사이에서 균형을 잡는 것이 얼마나 어려운지를 보여준다. 그러한 싸움이 우리가 옷장에 보관하고 우리 몸에 걸치는 물질재로 구현되는 방식을 보여준다. 청바지는 사람들이

추구하는 가치를 비추는 거울 그 이상이다. 청바
지는 그러한 가치를 창출하고 재생산하고 전 세계
로 퍼뜨리는 데 적극 일조한다.

　　　　　　　　　　　　　　　　　청바지

주

들어가며: 가장 변화무쌍한 옷

[1]   Catherine Salfino, "Innovation and Culture Shifts
       Drive Increases in Global Denim," *Sourcing Journal*,
       August 1, 2018, https://sourcingjournal.com/
       topics/lifestyle-monitor/global-denim-innova-
       tion-113793/.

[2]   "Denim Jeans Market Size, Share & Trends Analysis
       Report by End User (Children, Men, Women), by
       Sales Channel (Offline, Online), by Region (North
       America, APAC, Europe, MEA), and Segment
       Forecasts, 2019 – 2025," Grand View Research,
       August 2019, accessed April 8, 2021, https://www.
       grandviewresearch.com/industry-analysis/den-
       im-jeans-market.

[3]   "Denim in 2022: What Will Global Consumers
       Want?" Cotton Incorporated *Lifestyle Monitor*,
       December 6, 2021, https://lifestylemonitor.cotton-
       inc.com/denim-in-2022/.

[4]   앞의 글.

[5]   Yves St. Laurent et al, *Yves St. Laurent: The Metropolitan Museum of Art, New York* (London: Thames and Hudson, 1983), 23.

[6]   "Straight-Fit Jeans in Dirty Winter Blue Denim," Saint Laurent, accessed January 7, 2022, https://www.ysl.com/en-us/straight-fit-jeans-in-dirty-winter-blue-denim-809466854.html.

[7]   Tanisha C. Ford, "SNCC Women, Denim, and the Politics of Dress," *The Journal of Southern History* 79, no. 3 (2013): 625–58, accessed April 8, 2021, http://www.jstor.org/stable/23795090.

1. 디스트레스

[1]   그 "녀석"은 아마 마이클 앨런 해리스일 것이다. 다음 기사에서 그의 이야기를 읽을 수 있다. Michael Allen Harris, "Experience: I Mine for 100-Year-Old Jeans," *The Guardian*, September 25, 2015, https://www.theguardian.com/lifeandstyle/2015/sep/25/experience-i-mine-for-denim.

[2]   "History of the Levi's® 501® Jeans," Levi Strauss, accessed July 10, 2021, https://www.levistrauss.

청바지

com/wp-content/uploads/2014/01/History-of-Levis-501-Jeans.pdf.

[3]   "Jean," *Oxford English Dictionary* Online, December 2021 (Oxford University Press), accessed January 4, 2022, https://www.oed.com/view/Entry/100960.

[4]   James Sullivan, *Jeans: A Cultural History of an American Icon* (New York: Gotham, 2006), 13-14.

[5]   Bethanne Patrick and John Thompson, *An Uncommon History of Common Things* (National Geographic, 2009), 160.

[6]   David Coles, *Chromatopia: An Illustrated History of Color* (New York: Thames and Hudson, 2018), 127.

[7]   앞의 책, 35.

[8]   Jenny Balfour-Paul, *Indigo: Egyptian Mummies to Blue Jeans* (Buffalo, NY: Firefly Books, 2012), 33.

[9]   앞의 책, 34-37.

[10] Coles, *Chromatopia*, 65.

[11] 앞의 책, 35.

[12] "Blue—Blues," *Dictionary of Traded Goods and Commodities, 1550-1820* (University of Wolverhampton, 2007), accessed April 8, 2021, https://www.british-history.ac.uk/no-series/traded-goods-dictionary/1550-1820/blue-blues.

[13] Michel Pastoureau, *Blue: The History of a Color*, trans. Markus I. Cruse (Princeton: Princeton University Press, 2002), 123.

[14] Balfour-Paul, *Indigo*, 71.

[15] John S. Farmer, *Slang and Its Analogues Past and Present*, vol. 1 (London: 1890), 252.

[16] 앞의 책.

[17] Abigail Cain, "Why Blue Is the World's Favorite Color," *Artsy*, August 29, 2017, https://www.artsy.net/article/artsy-editorial-blue-worlds-favorite-color.

[18] 앞의 글.

[19] Pastoureau, *Blue*, 180.

[20] Arabella Youens, "Why 'Blue and Green Should Never Be Seen' Is Outdated, Absurd, and Just Plain Wrong," *Country Life*, July 26, 2021, https://www.countrylife.co.uk/interiors/why-blue-and-green-should-never-be-seen-is-outdated-absurd-and-just-plain-wrong-230477.

[21] Jeffrey C. Splitstoser et al, "Early Pre-Hispanic Use of Indigo Blue in Peru," *Science Advances* 2, no. 9 (September 2016), doi: 10.1126/sciadv.1501623.

[22] Balfour-Paul, *Indigo*, 19.

[23] Catherine E. McKinley, *Indigo: In Search of the Color that Seduced the World* (New York: Bloomsbury, 2012), 230-231.

[24] Coles, *Chromatopia*, 43.

[25] Balfour-Paul, *Indigo*, 121-122.

청바지

[26] 앞의 책, 102.

[27] 앞의 책, 109–111.

[28] John Bullokar, *An English Expositor, Teaching the Interpretation of the Hardest Words Used in Our Language* (London, 1616); quoted in David Scott Kastan, with Stephen Farthing, *On Color* (New Haven: Yale University Press, 2018), 124.

[29] Balfour-Paul, *Indigo*, 56; Sullivan, *Jeans*, 21.

[30] Sven Beckert, *Empire of Cotton: A Global History* (New York: Vintage, 2014), xv; 앞의 책, 30.

[31] 앞의 책, 51.

[32] E.W. L. Tower, quoted in Subhas Bhattacharya, "The Indigo Revolt of Bengal," *Social Scientist* 5, no. 12 (July 1777): 13.

[33] Andrea Feeser, *Red, White, and Black Make Blue: Indigo in the Fabric of Colonial South Carolina Life* (Athens, GA: University of Georgia Press, 2013), 16.

[34] 앞의 책, 17–23.

[35] 앞의 책, 45.

[36] Kastan and Farthing, *On Color*, 126.

[37] Colesworthy Grant, *Rural Life in Bengal*, 2nd ed. (London: W. Thacker & Co., 1866), 87.

[38] Terence R. Blackburn, *A Miscellany of Mutinies and Massacres in India* (New Delhi: APH Publishing, 2007), 161.

[39] Bhattacharya, "Indigo Revolt," 16.

[40] Grant, *Rural Life*, 90.

[41] Bhattacharya, "Indigo Revolt," 13.

[42] 앞의 책, 16.

[43] George Watt, *Pamphlet on Indigo*, (n.p., [1890s]), 15.

[44] Balfour-Paul, *Indigo*, 75.

[45] 앞의 책, 82.

[46] Rachel Louise Snyder, *Fugitive Denim: A Moving Story of People and Pants in the Borderless World of Global Trade* (New York: W. W. Norton, 2009), 149.

[47] "Reasons to Celebrate: 148 Years of the Denim Blue Jean," Cotton Incorporated *Lifestyle Monitor*, accessed June 25, 2021, https://lifestylemonitor.cottoninc.com/reasons-to-celebrate/.

[48] "Denim in 2022: What Will Global Consumers Want?" Cotton Incorporated *Lifestyle Monitor*, December 6, 2021, https://lifestylemonitor.cotton-inc.com/denim-in-2022/.

[49] Tatiana Schlossberg, *Inconspicuous Consumption: The Environmental Impact You Don't Know You Have* (New York: Hachette, 2019), 136.

[50] Snyder, *Fugitive Denim*, 118.

[51] 앞의 책, 130.

[52] 앞의 책, 119-120.

[53] "Xintang Pays Heavy Price for Putting World in Blue Jeans," *China Daily USA*, July 31, 2017, https://

www.chinadaily.com.cn/kindle/2017-07/31/content_30305246.htm.

[54] Guang Li, Mingzhuo Jiang, and Guang Lu, "The Denim Capital of the World Is So Polluted You Can't Give the Houses Away," China Dialogue, August 13, 2013, https://chinadialogue.net/en/pollution/6283-the-denim-capital-of-the-world-so-polluted-you-can-t-give-the-houses-away/.

[55] "The Dirty Secret Behind Jeans and Bras," Greenpeace, December 1, 2010, accessed June 25, 2021, http://web.archive.org/web/20110312074819/http://www.greenpeace.org/eastasia/news/textile-pollution-xintang-gurao/.

[56] Li, Jiang, and Lu, "The Denim Capital of the World."

[57] Krista Mahr, "China's Textile Industry: How Dirty Are Your Jeans?" *Time*, November 30, 2010, https://science.time.com/2010/11/30/chinas-textile-industry-how-dirty-are-your-jeans/.

[58] Snyder, *Fugitive Denim*, 135–136.

[59] Jessica Liu, "Where Will Xintang Jeans Move Next?" DC, February 12, 2018, https://www.cndc.co/where-will-xintang-jeans-move-to-in-2018/.

[60] Snyder, *Fugitive Denim*, 77.

[61] "Chemists Go Green to Make Better Blue Jeans," *Nature* 553, no. 128 (January 9, 2018), doi: https://doi.org/10.1038/d41586-018-00103-8.

[62] Emily Matchar, "Have Scientists Found a Greener Way to Make Blue Jeans?" *Smithsonian Mag*, January 22, 2018, https://www.smithsonianmag.com/innovation/have-scientists-found-greener-way-to-

make-blue-jeans-180967902/.

[63] 앞의 글.

[64] Levi's®, "The 501® Jean: Stories of an Original — Full Documentary," YouTube video, 18:01, March 16, 2016, accessed July 8, 2021, https://www.youtube.com/watch?v＝6R9cAoCyatA.

[65] Aims McGuinness, *Path of Empire: Panama and the California Gold Rush* (Ithaca: Cornell University Press, 2008), 4-6.

[66] Lynn Downey, *Levi Strauss: The Man Who Gave Blue Jeans to the World* (Amherst: University of Massachusetts, 2016), 113-114.

[67] 앞의 책, 114.

[68] Jacob Davis to Levi Strauss, July 5, 1872; quoted in Downey, *Levi Strauss*, 116.

[69] "History of the Levi's® 501® Jeans."

[70] Sullivan, *Jeans*, 110-111.

[71] Sandra Curtis Comstock, "The Making of an American Icon: The Transformation of Blue Jeans During the Great Depression," *Global Denim*, ed. Daniel Miller and Sophie Woodward (Oxford: Berg, 2011), 32.

 청바지

[72] 앞의 책, 38.

[73] 앞의 책, 26.

[74] Tracey Panek, "Throwback Thursday: Celebrating 80 Years of Women's Jeans," Levi Strauss, September 4, 2014, https://www.levistrauss.com/2014/09/04/celebrating-80-years-of-womens-jeans/.

[75] Jeremy Agnew, *The Old West in Fact and Film: History Versus Hollywood* (Jefferson, NC: McFarland and Company, 2012), 126.

[76] Comstock, "The Making of an American Icon," 36.

[77] Donald Worster, *Dust Bowl: The Southern Plains in the 1930s* (Oxford: Oxford University Press, 1979), 49.

[78] Comstock, "The Making of an American Icon," 36.

[79] 앞의 책, 38.

[80] Henrik Vejlgaard, *The Lifestyle Puzzle: Who We Are in the 21st Century* (Amherst, NY: Prometheus, 2010), 186.

[81] Snyder, *Fugitive Denim*, 161.

2. 컷

[1] Roberta Sassatelli, "Indigo Bodies: Fashion, Mirror Work, and Sexual Identity in Milan," *Global Denim*, eds. Daniel Miller and Sophie Woodward (Oxford: Berg, 2011), 131.

[2] Hanna Flanagan, "Why Are GenZ TikTokers Making Fun of Skinny Jeans and Side Parts? Everything You Need to Know," *People*, February 18, 2021, https://people.com/style/gen-z-tiktokers-slam-millennials-side-parts-and-skinny-jeans/.

[3] "Denim in 2022: What Will Global Consumers

Want?" Cotton Incorporated *Lifestyle Monitor*, December 6, 2021, https://lifestylemonitor.cotton-inc.com/denim-in-2022/.

[4] James Sullivan, *Jeans: A Cultural History of an American Icon* (New York: Gotham Books, 2006), 83.

[5] Ed Cray, *Levi's* (Boston: Houghton Mifflin, 1978), 110.

[6] 앞의 책, 112.

[7] Sullivan, *Jeans*, 85.

[8] "When Denim Was Dangerous," Levi Strauss and Company, March 28, 2014, https://www.levistrauss.com/2014/03/28/when-denim-was-dangerous/.

[9] Cray, *Levi's*, 150.

[10] Tanisha C. Ford, "SNCC Women, Denim, and the Politics of Dress," *The Journal of Southern History* 79, no. 3 (August 2013): 626.

[11] 앞의 책, 631-632.

[12] 앞의 책, 627.

[13] 앞의 책.

[14] Juliane Fürst, *Flowers through Concrete: Explorations in Soviet Hippieland* (Oxford: Oxford University Press,

  청바지

2021), 310.

[15] Alexéi Rudevich and Russkaya Semyorka, "Worth Going to Prison For: Getting Hold of Jeans in the USSR," *Russia Beyond*, September 16, 2014, https://www.rbth.com/arts/2014/09/16/worth_going_to_prison_for_getting_hold_of_jeans_in_the_ussr_39833.html.

[16] 앞의 글.

[17] Tracey Panek, "Blue Jeans and the Fall of the Berlin Wall," Levi Strauss and Company, November 7, 2019, https://www.levistrauss.com/2019/11/07/blue-jeans-and-the-fall-of-the-berlin-wall/.

[18] Régis Debray, *Manifestes médiologiques* (Paris: Gallimard, 1994), 135.

[19] David Shuck, "Remembering Belarus's Denim Revolution," Heddel's, August 25, 2014, updated May 9, 2018, https://www.heddels.com/2014/08/remembering-belaruss-denim-revolution/.

[20] Margot Letain, "The 'Denim Revolution': A Glass Half Full," *Open Democracy*, April 10, 2006, https://www.opendemocracy.net/en/denim_3441jsp/.

[21] Charlotte Sector, "Belarusians Wear Jeans in Silent Protest," *ABC News*, February 4, 2006, https://abcnews.go.com/International/story?id=1502762.

[22] 앞의 글.

[23] Shivani Azad, "Shocked to See Women in Ripped Jeans, What Message Are They Sending to Society: Uttarakhand CM Tirath Singh Rawat," *The Times India*, March 17, 2021, https://timesofindia.indiatimes.com/city/dehradun/shocked-to-see-women-in-

ripped-jeans-what-message-are-they-sending-to-society-ukhand-cm/articleshow/81537465.cms.

[24] *India Today* Web Desk, "Uttarakhand CM Tirath Rawat Ripped Over Ripped Jeans Remark: All You Need to Know," *India Today*, March 19, 2021, https://www.indiatoday.in/india/story/tirath-rawat-ripped-jeans-controversy-all-you-need-to-know-1781166-2021-03-19.

[25] Azad, "Shocked to See Women in Ripped Jeans."

[26] Press Trust of India, "Tirath Singh Rawat Apologises for Ripped Jeans Remark but Says Wearing Torn Jeans 'Not Right,'" *India Today*, March 20, 2021, https://www.indiatoday.in/india/story/tirath-singh-rawat-apologises-ripped-jeans-remark-says-wearing-torn-jeans-not-right-1781449-2021-03-20.

[27] *India Today* Web Desk, "Uttarakhand CM Tirath Rawat Ripped."

[28] Kristen Bateman, "The 10 TikTok Subcultures Shaping Fashion Right Now," *W Magazine*, January 27, 2021, https://www.wmagazine.com/fashion/tik-tok-fashion-trends-subcultures-goths.

[29] "Subcultures Are the New Demographics," TikTok for Business, May 20, 2021, https://www.tiktok.com/business/en-US/blog/subcultures-are-the-new-demographics.

[30] Ken Gelder, "The Field of Subcultural Studies," *The Subcultures Reader*, 2nd ed., ed. Ken Gelder (New York: Routledge, 2005), 1.

[31] Fürst, *Flowers through Concrete*, 310.

[32] Lauraine Leblanc, *Pretty in Punk: Girls' Gender Resistance in a Boys' Subculture* (New Brunswick, NJ: Rutgers University Press, 1999), 4.

[33] Marcia A. Morgado, "Uncovered Butts and Recovered Rules: Sagging Pants and the Logic of Abductive Inference," *The Meanings of Dress*, 4th ed., eds. Kimberly A. Miller Spillman and Andrew Reilly (New York: Fairchild Books, 2019), 19.

[34] 앞의 책.

[35] Niko Koppel, "Are Your Jeans Sagging? Go Directly to Jail," *New York Times*, August 30, 2007, https://www.nytimes.com/2007/08/30/fashion/30baggy.html.

[36] Shahid Abdul-Karim, "For Some, Sagging Pants Can Carry Greater Meaning," *Washington Times*, July 13, 2014, https://www.washingtontimes.com/news/2014/jul/13/for-some-sagging-pants-carry-greater-meaning/.

[37] Koppel, "Are Your Jeans Sagging?"

[38] Abdul-Karim, "For Some, Sagging Pants Can Carry Greater Meaning."

[39] "Where Are They Now? JNCO Jeans," *Highsnobiety*,

March 16, 2020, https://www.highsnobiety.com/p/
jnco-history/.

[40] Zachary Crockett, "JNCO, the Terrible Jeans Brand
from the '90s, Finally Goes Out of Business," *The
Hustle*, February 21, 2018, https://thehustle.co/
jnco-jeans-goes-bankrupt/.

[41] Leonora Epstein, "11 Reasons You Used to Wear
JNCO Jeans," *BuzzFeed*, June 6, 2013, https://www.
buzzfeed.com/amphtml/leonoraepstein/reasons-
you-used-to-wear-jnco-jeans.

[42] Elizabeth M. Matelski, *Reducing Bodies: Mass Culture
and the Female Figure in Postwar America* (New York:
Routledge, 2017), 17.

[43] "Our Guide to Shopping Unisex," Levi's, June 2020,
https://www.levi.com/US/en_US/blog/article/our-
guide-to-shopping-unisex/.

[44] Ashley Fetters, "Toward a Universal Theory of 'Mom
Jeans,'" *The Atlantic*, August 28, 2019, https://www.
theatlantic.com/family/archive/2019/08/how-
mom-jeans-became-cool-again/596992/.

[45] Eloise R. Germic, Stine Eckert, and Fred Vultee,

"The Impact of Instagram Mommy Blogger Content on the Perceived Self-Efficacy of Mothers," *Social Media + Society* (July 2021), https://doi.org/10.1177/20563051211041649.

[46] Robin Givhan, "Can Obama Elevate the Look of Presidential Downtime? We Can Only Hope," *Washington Post*, July 26, 2009, https://www.washingtonpost.com/wp-dyn/content/article/2009/07/23/AR2009072304042.html?wprss=rss_print/style.

[47] Eliana Dockterman, "One Size Fits None," *Time*, accessed October 18, 2021, https://time.com/how-to-fix-vanity-sizing/.

[48] Kate Hardcastle, "Marilyn Monroe's Dress Size Myth: Why Fashion Must Size Up," *Forbes*, July 7, 2021, https://www.forbes.com/sites/katehardcastle/2021/07/07/marilyn-monroes-dress-size-myth-why-fashion-must-size-up/?sh=65413b840c9c.

[49] Roger Dooley, "The Psychology of Vanity Sizing," *Forbes*, July 29, 2013, https://www.forbes.com/sites/rogerdooley/2013/07/29/vanity-sizing/?sh=509c2b9f1e32.

[50] Daniel Miller and Sophie Woodward, *Blue Jeans: The Art of the Ordinary* (Berkeley: University of California Press, 2012), 49.

[51] Abram Sauer, "Are Your Pants Lying to You? An Investigative Report," *Esquire*, September 7, 2010, https://www.esquire.com/style/mens-fashion/a8386/pants-size-chart-090710/.

[52] Maria Cristina Pavarini, "Jeans of the Future: One Size Fits All," *The Spin Off*, June 17, 2021, https://www.the-spin-off.com/news/stories/The-Trends-Jeans-of-the-future-One-size-fits-all-15967; "Sene x Emma," Sene Studio, https://senestudio.com/collections/emma.

[53] Paceysgirls, "1980 Calvin Klein Jeans Commercial feat. Brooke Shields," YouTube video, 1:03, uploaded August 9, 2008, accessed October 5, 2021, https://www.youtube.com/watch?v=AXzR5b-6HoIA.

[54] Shakuntala Banaji, "Loving with Irony: Young Bombay Viewers Discuss Clothing, Sex, and Their Encounters with Media," *Sex Education* 6, no. 4 (2006): 377-391, accessed through London School of Economics Research Online, http://eprints.lse.ac.uk/27015/, 8. Emphasis in original.

[55] Davesshindig, "Karen Ferrari Sexy Calvin Klein Jeans Commercial BANNED!" YouTube video, 0:30, uploaded February 15, 2012, accessed October 5, 2021, https://www.youtube.com/watch?v=ksx-

청바지

H0FDGUnU.

[56] Rachel A. Van Cleave, "Sex, Lies, and Honor in Italian Rape Law," *Suffolk University Law Review* 38, no. 427 (January 2005): 446, https://ssrn.com/abstract=2083776.

[57] 앞의 글, 447.

[58] Corte Suprema di Cassazione, Session 3 (November 6, 1998), Cristiano, *Il Foro Italiano* II, CXXII (1999), 163; quoted in Van Cleave, "Sex, Lies, and Honor," 448.

[59] Van Cleave, "Sex, Lies, and Honor," 448.

[60] 앞의 책, 450.

[61] "Italians Protest Rape Ruling," *CBS News*, February 12, 1999, https://www.cbsnews.com/news/italians-protest-rape-ruling/.

[62] Alessandra Stanley, "Ruling on Tight Jeans and Rape Sets Off Anger in Italy," *New York Times*, February 16, 1999, https://www.nytimes.com/1999/02/16/world/ruling-on-tight-jeans-and-rape-sets-off-anger-in-italy.html.

[63] 앞의 글.

[64] "Why Denim?" Denim Day Info, accessed October 5, 2021, https://www.denimdayinfo.org/why-denim.

[65] Corte Suprema di Cassazione, Session 3 (November 26, 2001), Akid, n.42289/2001, available at www.cittadinolex.kataweb.it/Article/ O,IS19,IS793/1,00.html; quoted in Van Cleave, "Sex, Lies, and Honor," 452.

3. 편안함

[1]   Marc Augé, *Non-Places: An Introduction to Supermodernity*, trans. John Howe (London: Verso, 2008), viii.

[2]   앞의 책, xii.

[3]   Wan Nur Syaza Sahira Wan Rusli et al, "Intra and Intersentential Code-Switching Phenomena in Modern Malay Songs," *Southeast Asian Journal of English Language Studies* 24, no. 3 (September 2018), doi: 10.17576/3L-2018-2403-14, 185; Ainaa Aiman, "KRU on the Upbeat, from Hip Hop to Music Mogul," *Free Malaysia Today*, March 23, 2021, https://www.freemalaysiatoday.com/category/leisure/2021/03/23/kru-on-the-upbeat-from-hip-hop-to-music-mogul.

[4]   W. David Marx, *Ametora*: How Japan Saved American Style (New York: Basic Books, 2015), 76.

[5]   앞의 책, 24.

[6]   앞의 책, 78-79.

[7]   앞의 책, xv.

[8]   Daniel Miller, "The Limits of Jeans in Kannur,

청바지

Kerala," in *Global Denim*, eds. Daniel Miller and Sophie Woodward (Oxford: Berg, 2011), 87.

[9]   "Denim Is Adapting and Evolving: Surviving in a World of Athleisure Influence," Cotton Incorporated *Lifestyle Monitor*, accessed September 9, 2021, https://lifestylemonitor.cottoninc.com/denim-is-adapting-evolving/.

[10]   "Preparing for a Comeback: The Blue Jean," Cotton Incorporated *Lifestyle Monitor*, accessed September 9, 2021, https://lifestylemonitor.cottoninc.com/preparing-for-a-comeback/.

[11]   앞의 글.

[12]   앞의 글.

[13]   Miller, "The Limits of Jeans," 90; Ibid., 95.

[14]   Clare M. Wilkinson-Weber, "Diverting Denim: Screening Jeans in Bollywood," in *Global Denim*, eds. Daniel Miller and Sophie Woodward (Oxford: Berg, 2011), 51.

[15]   "The Arvind Story," Arvind, accessed September 23, 2021, https://www.arvind.com/arvind-story.

[16]   Haley Nahman, "Is Denim in an Identity Crisis?" *New York Times*, November 10, 2021, https://www.nytimes.com/2021/11/10/style/denim-jeans-trends.html.

[17]   앞의 글.

[18]   앞의 글.

[19]   Niall Ferguson, *Civilization: The West and the Rest* (New York: Penguin Books, 2012), 240; via Nahman, "Is Denim in an Identity Crisis?"

[20]   "Denim Is Adapting and Evolving," Cotton

Incorporated *Lifestyle Monitor*.

[21] "Denim in 2022: What Will Global Customers Want?" Cotton Incorporated *Lifestyle Monitor*, accessed January 20, 2022, https://lifestylemonitor.cottoninc.com/denim-in-2022/.

[22] "Wrangler Pleated Barrel Cord Jeans," Free People, accessed January 20, 2022, https://www.freepeople.com/shop/wrangler-pleated-barrel-cord-jeans/; Perrie Samotin, "Topshop Is Now Selling See-Through Plastic Jeans," *Glamour*, April 24, 2017, https://www.glamour.com/story/topshop-clear-see-through-plastic-jeans; "Rubber Jeans Lace Up Sides," Invincible Rubber, accessed February 15, 2022, https://www.invinciblerubber.com/rubber-jeans-lace-up-sides.

[23] Bianca Betancourt, "Justin Timberlake Wants the Internet to Forget About His Double-Denim Moment with Britney Spears," *Harper's Bazaar*, February 2, 2021, https://www.harpersbazaar.com/celebrity/latest/a35394165/justin-timberlake-talks-double-denim-britney-spears-moment/.

[24] Georg Simmel, "Fashion," *American Journal of Sociology* 62, no. 6 (1957): 541-58, http://www.jstor.org/stable/2773129.

[25] Michael Shawn Malone, *Bill and Dave: How Hewlett and Packard Built the World's Greatest Company* (New York: Portfolio, 2007), 132.

[26] Megan Garber, "Casual Friday and the 'End of the Office Dress Code,'" *The Atlantic*, May 25, 2016, https://www.theatlantic.com/entertainment/archive/2016/05/casual-friday-and-the-end-of-the-office-dress-code/484334/.

[27] 앞의 글.

[28] "Casual Workplaces: Why Every Denim Brand Benefits," Cotton Incorporated *Lifestyle Monitor*, March 23, 2020, https://lifestylemonitor.cottoninc.com/casual-workplaces/.

[29] Joan DeJean, *The Age of Comfort: When Paris Discovered Casual—and the Modern Home Began* (New York: Bloomsbury, 2009), 50-51.

[30] 앞의 책, 186.

[31] Daniel Roche, *A History of Everyday Things: The Birth of Consumption in France, 1600-1800* (Cambridge: Cambridge University Press, 2000), 129.

[32] Witold Rybczynski, Home: *A Short History of an Idea* (New York: Viking, 1986), 220.

[33] Deirdre Clemente, "Why and When Did Americans Begin to Dress So Casually?" *Time*, August 5, 2015, https://time.com/3984690/american-casual-dressing/.

[34] Christina Binkley, "The Relentless Rise of Power

Jeans," *Wall Street Journal*, November 6, 2009, https://www.wsj.com/articles/SB10001424052748 703574604574501463104873016.

[35] Muireann Carey-Campbell, "Casual Dress Has Gone Global," *New York Times*, February 3, 2014, https:// www.nytimes.com/roomfordebate/2014/02/03/ the-casual-couture-of-the-average-american/ casual-dress-has-gone-global.

[36] Simmel, "Fashion," 542-544.

[37] Christian Allaire, "Get to Know South Africa's Coolest Denim Line," *Vogue*, June 23, 2020, https:// www.vogue.com/article/tshepo-jeans-south-afri-ca-denim-line.

[38] Dick Hebdige, *Subculture: The Meaning of Style* (New York: Routledge, 1979), 132.

[39] Malcolm Barnard, *Fashion as Communication*, 2nd ed. (New York: Routledge, 1996), 273.

[40] Fred Davis, *Fashion, Culture and Identity* (Chicago: University of Chicago Press, 1992), 70-71.

[41] Simmel, "Fashion," 545.

[42] Barnard, *Fashion as Communication*, 97.

[43] Lauren Sharkey, "Rips, Zips, and Invisible Jeans: The Most Bizarre New Denim Trends," *Yahoo! Life*, December 18, 2017, https://www.yahoo.com/lifestyle/rips-slits-invisible-jeans-most-slideshow-wp-115314380.html.

[44] Priya Elan, "North Korea Bans Skinny Jeans as Symbol of 'Capitalistic Lifestyle,'" *The Guardian*, May 26, 2021, https://www.theguardian.com/fashion/2021/may/26/north-korea-bans-skinny-jeans.

옮긴이 **김하현**
출판사에서 편집자로 일한 뒤 현재 전문 번역가로 활동하고 있다. 옮긴 책으로 『도둑맞은 집중력』『소크라테스 익스프레스』『디어 올리버』『여자에 관하여』『아무것도 하지 않는 법』『비바레리뇽 고원』『한 번 더 피아노 앞으로』『지구를 구할 여자들』『타인이라는 가능성』『한낮의 어둠』『식사에 대한 생각』『미루기의 천재들』『분노와 애정』 등이 있다.

지식산문 O 08

청바지

초판 인쇄 2026년 2월 26일
초판 발행 2026년 3월 18일

지은이 캐럴린 퍼넬
옮긴이 김하현

펴낸곳 복복서가(주)
펴낸이 장은수
출판등록 2019년 11월 12일 제2019-000101호
주소 03720 서울특별시 서대문구 연희로 28길 3
홈페이지 www.bokbokseoga.co.kr
전자우편 edit@bokbokseoga.com
마케팅 문의 031) 955-2689

ISBN 979-11-94996-10-1 04800
      979-11-91114-74-4 (세트)